彼のために人を焼く

暮山からす

幻冬舎MC

プロローグ

夕暮れが嫌いだった。

町内放送が五時を報せるのを合図に、公園で遊んでいた子どもたちは帰り支度を始める。五分後にはバイバイと手を振りながら、公園を出て行く。聞こえていたはしゃぐ声がだんだん遠退いて、代わりに静けさが冷気のように足元からやってくる。

「また明日ね」

そう言って引っ越した子もいたのに。

「また遊ぼうね」

続きはないのに。私も帰らないといけない。けれどまだ遊び足りない。手を振り返す瞬間がひどく寂しくて怖かった。明日なんて来なければいい。お別れのないままこのまま遊んでいられたらどれだけいいか。心に空いた穴を見ないふりして、明日があると信じきった友人たちを見送った。

鉄棒を触った手が鉄さび臭い。遠くで聞こえる町内放送、カラスがかすめた影法師、東に迫る夜の闇。私だけが夕方に慣れなくて置いてけぼりをくらったような気がしていた。

他の子どもたちが楽しそうにさよならと言えることが羨ましかった。

その日もいつも通りの夕方だった。幼稚園から帰ってすぐに家を出て、公園に足を踏み入れた時には子どもたちが数人集まっていた。私もその中に混ぜてもらった。

いつの間にか別れの時間になって、子どもたちが散り散りになっていくのを、ベンチに腰かけて、遠巻きに眺めていた。最後に公園に残ったのは、今まで深く関わることのなかった男の子だった。男の子は私と目が合うと、つかつかと歩み寄ってきた。

「帰らんの？」

私の目の前でぴたりと立ち止まった。その瞳を好奇心で染めて、私の顔を覗き込むように首を傾げた。

「うん」

「そうなん」

頷く時に一歩分たじろいだ私の隣にちゃっかり腰かけて、大ぶりの鞄を膝の上に抱えた。中身はあまりないようで、ファスナーの間から空気が抜ける音がする。男の子は私よりも少し背が低いから目線が下にあった。ベンチに座ると足が地面につかなくて、持て余したようにふらふらと揺らした。同じくらいの年ごろに見える。私は爪先だけなんとか伸ばして地面につけた。

「そう言うあんたも帰らんの？」

「うん。もう少しここにおろうかなと思って」

「いーけんのじゃ、いーけんのじゃあ、せーんせいにいっちゃろ」

私が囃《はや》し立てると男の子は唇を尖らせた。そっぽを向いてぼそっと何か言っている。

「それはそっちもやろ」

夕風に紛れて消えそうだった男の子の声をなんとか拾って、そのむくれた頬をつついた。同じくらいの年齢なのに、子ども扱いされたのが嫌だったのか男の子はブランコまで逃げていく。私は面白くなってその後ろ姿を追いかけていく。

「ねえ、なんで帰らんの」

「家がつまらんけ。もういいやん、ほっとき」

男の子はいじけたようにブランコを漕いだ。家がつまらないのは同じだった。男の子の横のブランコに座って、大きく揺れる隣を目で追いかけた。ブランコは冷たかったが、私の体温と馴染んで気にならないほどになった。お母さんは私を幼稚園まで迎えに来た後、家で六時くらいまで仕事をしている。だから皆とさようならをする五時から仕事が終わる六時までの間がとてつもなく寂しかったのだ。特に子どもの一時間は長く感じる。途方もない時間を独りで堪えられるわけがなかった。

　お母さんは公園に誰もいなくなったら帰るように私に言いつけていた。また、暗くなる前に帰るようにとも言っていた。いつも私は最後の一人が帰るまで公園に粘っていた。他の子は早く帰るから、私は十分も持たずに家に帰ることもしばしばあった。

「そうなん、うちもよ。お母さんが家で仕事やっちょるけ、もう少しここで遊んで、帰っても怒られんのよ」

　隣のブランコの揺れが小さくなった。

「じゃあ遊ぼうや」

　さっきまで頬を膨らませていたのに、ブランコを止めた男の子は目を輝かせていた。お互いに仲間だと認識した瞬間だった。

「名前なんて言うん？」

「うち？　うちは宮園小春。あんたは」

「僕は翼」

「翼君ね。よろしくね」

その日以降、私は日が完全に沈んで空の赤みが冷めるまで、その男の子と一緒に過ごすようになった。遊びながら互いに話をした。生活環境や、子どもながらの小さな秘密を分け合った。小学校に上がってからも、通学路に翼君の家があったので通学も一緒だった。学校でも同じクラスだったので、自然に一緒にいる時間が増えた。

あの事件の前までは。

小学校に上がってすぐ、翼君のお父さんが事故で亡くなった。その葬式で翼君のお母さんに、お婆さんが怒鳴りつけていた。どうして血の繋がらない子を育てるのと。子連れなんてやめておけばよかったのに、お荷物だけ抱えてどうするのと。お婆さんの声は廊下までキンキン響いて、私は耳をふさごうとした。

「いい加減にしてよ！」

両手が耳を覆う前に滑り込んできた怒号に動けなくなった。

「そもそもお母さんがちゃんと産んでくれなかったからこうなったんじゃない！　こんな中途半端な私をあの人は女として受け入れてくれたの。夢にまで見た子どもも一緒に。血縁はなくとも母になれたのよ。それを悪く言わないで」

お母さんの声を最後に、周辺は水を打ったように静かになった。薄暗い廊下の向こう側には翼君がいて、閉めた襖の隙間から漏れてくる光の中で立ち尽くしていた。私の視線に気が付いて、うるんだ瞳を無理に歪ませて笑いかけてくれた。

その一件で翼君のお母さんは怒鳴っている怖い人だと思ってしまった。今振り返ると、それは勘違いだと分かるのに。そんなお母さんは、あの事件で亡くなってしまった。

事件のあった日の朝、いつものように翼君の家のチャイムを鳴らしたのに、反応がなかった。翼君のお母さんは仕事に出ていて、家には翼君しかいないはずだった。もう一回押してみてしばらく待っても、やはり翼君は出てこない。学校に遅刻するので、諦めて通学路を走った。なんで先に行っちゃったのかと怒りを地面に叩きつけるように走った。

結局、遅れて入った学校にも翼君はいなかった。先生が翼君はお休みだよと笑いかけてくれた。お休みなら、なんで呼び鈴に反応がなかったのだろう。答えてくれれば結局遅刻せずに済んだのに。それとも、呼び鈴に答えられないほど体調を崩しているのだろうか。一人家で倒れている姿が頭をよぎった。想像してしまったら、いてもたってもいられなくなって放課後に再び翼君の家を訪ねた。もし元気だったら文句の一つでもついでに言ってやろうと、朝と同じように呼び鈴に手を伸ばしてボタンを押した。やはり反応がない。チャイムの機械的な音はドアの向こうで鳴っているのが聞こえているので、壊れているわけではない。もう一度鳴らして、ノックして声を掛けても誰も出なかった。仕方がないので草の茂る庭の方に足を向けた。先ほどの妄想が再び頭の中に浮かんで、家の中を確かめようと草をかき分けながら家をぐるりと回る。私の身長で見える窓には全てカーテンが引かれていて、中の様子は伺えない。何とか見つけたカーテンの隙間に顔を押し付けてみるも、角度的に見えるものはなかった。誰もいないのかなと引き返そうとした途端、ふと二階の窓に目が留まった。人影が見えた気がしたのだ。確認するように目を凝らした。窓の人影はすでに見えなくなっていたけれど、もしかしたら翼君だったのではないかと期待して背伸びをした。もう一度玄関に回りこんで、呼び鈴を鳴らし、おまけにノックまでしてみた。翼君が重たい玄関のドアを両手で押しながら出てくるのをウキウキしながら待っているとドアが開かれた。けれどいつもは翼君の顔がある位置に足があった。驚きながら視線を上げると、以前に何度か見たことがあった翼君のお母さんが見下ろしている。その瞬間に体が硬直した。あのお葬式のことを思い出してしまい、引き返したくなるのを自分で励まして耐えた。お母さんは光のない目を向けていた。その目に私が入っているはずなのに、洞穴みたいな目玉は微動だにしない。心ここにあらずで怒鳴られるよりよっぽど怖かった。けれど引き返すわけにはいかない。翼君に会いに来たのだから。私は上背のあるお母さんを見上げ足を踏ん張った。

「あの、翼君のお母さん、こんにちは」

まずは挨拶と思ったのに、お母さんはギュッと堪えるように目を閉じた。私の声をうるさがっているように見えて下を向いた。

「こんにちは」

答えてくれたお母さんの目にはやるせなさが透けて見えて、それが私にも伝染したようにジワリといたたまれなくなった。けれど目をそらしたくなるのをこらえてしっかりと向き合う。

「翼君っていますか」

お母さんは大きなため息をついた。

「おらんよ」

「いまどこにいるんですか」

「今日風邪ひいたけえ、あの子の親戚に預けたん」

「いつ頃、帰ってきますか」

「もう少ししたら、迎えに行こうと思っとったんよ」

話すのが面倒くさいと言わんばかりの態度だった。

「そうなんですね。じゃあ今日は会えないんですね」

私はスカートの裾を握りながら聞いた。そうでもしていないと泣き出しそうだった。するとお母さんは困ったように眉を寄せて目を細めた。さっきより大きなため息をついて面倒臭そうに肩を回した。

「分かった。会わしちゃるけ、しばらくこの中で待っちょって」

お母さんは玄関を通した。家の勝手は知っている。玄関入ってすぐ正面に階段が直線に伸びている。右手にリビングの扉があって、さらに奥にもう一部屋ある。そこに私を押し入れると、待っていなさいとリビングと部屋を繋ぐ扉を閉めた。ここは翼君の部屋だ。翼君のランドセルが勉強机に載っていた。部屋の隅にベッドがあって、最初は翼君の勉強机に着いたり、部屋のおもちゃを触ってみたり、しばらく待っていたけれど、待ち飽きて、疲れてしまったのか私は眠りについた。目が覚めた時には辺りは薄暗かった。どのくらい時間がたったのか分からない。家に帰らなければと、不安が胸に立ち込めた。早く帰りたいけれど、その前に翼君に会いたい。ここにいても何も始まらないと部屋を出ることにした。ドアを盾にするようにして顔を覗かせて、リビングの様子を見渡す。部屋は静まり返っている。まどろんだ静けさとは違って、この場を支配しているのは張りつめた緊張感だ。本能的に私は雰囲気に呑まれるように息を殺した。身を潜めてにじり進んでいく。ソファーの物陰に一度身を隠し、そこから周囲を警戒するように顔を覗かせると足が見えた。

足から体をたどるように視線を動かしていく。そこに座っていたのはお母さんだった。その首にロープが一周回っていた。お母さんはピクリとも動かなかった。私は悲鳴を上げることもできず、その場に崩れた。おそらく死んでいると幼い私でも理解できた。死んだのなら、もう動くことはない。

勝手に再生される記憶。今、思い出しても震えてしまう。震えを抑えるように、自分自身の体を守るように腕を抱えた。大丈夫。知らぬ間に乱れた呼吸を整えるように息を吐く。けれど次の瞬間が再生される。リビングから火が出ていた。その中で彼のお母さんが蠢いていた。悶え苦しむ火の塊が私の方へ手を伸ばす。生きていたなんて知らなかった。怖い。焼かれたくない。死にたくない。

「ごめんなさい、ごめんなさい、ごめんなさい」

私は両目から涙を流しながら、後退った。怖くてたまらないのに、喉元で声が固まって、音にならない。かすれた声がたどたどしく謝罪の形になる。どうにか逃げようと勝手口の方向へ足を向けた。ドアノブを握ったところで、もしかしたら近所の人に助けを求めれば、お母さんは助かるかもしれないと頭をよぎる。

でも私は何もしなかった。一度だけギュッと目を閉じた。家はすでに火にまみれて周辺が騒がしくなっていた。

「ごめんなさい」

私はその場から自宅まで走った。背負っていた私のランドセルが鳴っていた。

私は翼君のお母さんを見殺しにした。

何日か経った後、私の両親は翼君のお母さん、鳥居美晴さんが事故で亡くなったと言った。翼君も間もなく転校したらしい。けれどニュースではお母さんは焼身自殺だったと伝えていた。すぐにチャンネルは変えられてしまって詳細は知らずじまいだった。私の両親はなるべくニュースに触れさせまいとした。私はショックのあまり入院することになったからだった。退院後は学校も転校することになった。思い出しても仕方がない。流れていく時間の中で考えないように心に蓋をすることしかできなかった。

第一章

一年一組

咲いていた桜はとうに散って、代わりに並木道にはみずみずしい緑が占めていく。

僕が高校に入学してから一か月が経った。今日は友人たちと下関市の市街地を歩いていた。開催されていた祭りで街中がいつもよりにぎわっている。

「どうですか、翼さん、数年ぶりのこのフェスの雰囲気は」

大手を広げるお調子者の友人に笑い返す。

「はいはい。楽しませていただきました。ありがとうございました。ですが、危ないので、前を見て歩いてくださいませんかね」

祭りの中心地から離れたとはいえ、人通りが多い。

「貴様、礼がなっとらん。今日、このセッティングはお前のために用意したと言っても過言ではないのだぞ」

僕の忠告は守りつつも腕を組み、大仰に頷いている友人につい笑みがこぼれる。

「いや、申し訳ない」

僕は軽い調子で頭を下げた。

「そうだ。それでよいのじゃ。お前さんが下関を発ってから、はや、あれ。何年たったっけ？」

芝居を解いてくるっと振り返ってくる。その背中を押して、正面を向かせる。

「八年くらいかな。小学校一年の途中で転校したからね」

「そうだよ。ほんと意味分かんないよな。まだ一年生だったんだぜ。制服さ、一年も着てないんだよ」

下関市の小学校は市立でも制服がある。東京に転校することになって、テレビで憧れた私服の学校生活に喜んだ。けれど、すぐに面倒になって制服で過ごした一年にも足らない生活を懐かしんだ。

「いや、それにしてもいじらしいですな」

「何が」

僕には友人が何を言いたいのか分かりきっていた。とぼけたふりをして、街を見やる。僕のいない間、街は変わっていた。友人も成長していた。僕も、あの子も。

「翼さんが、その長い間、片思いをずっと引きずってらっしゃるなんて」

平常心を保とうと横でニヤニヤ笑う友人に気付かれないよう、深呼吸した。

「いいんですか。だんまりなんか決め込んで。今日宮園さんを呼んだのは他でもない、この俺ですよ」

あの子の名前を出されてドキッとする。この友人秋吉は僕の想いを知っていて、今日宮園を誘ってくれていたのだ。

「はい。秋吉様。ありがとうございます。一生ついていきます」

「分かればよいのじゃ。分かれば」

たぶん僕は秋吉に頭が上がらないと思う。今だってこうやって揶揄《からか》ってくるし、くっついたらくっついたで、冷やかされ続けるか、恩着せがましく肩をたたいてくるだろう。

風が吹いた。その拍子に瞑った瞼の裏に宮園の姿が浮かんでくる。

僕は下関で生まれた。産みの母親は僕が生まれてすぐ父と離婚した。他に好きな人ができたらしい。残された父は、しばらく一人で僕を見てくれていた。気が付いたら父と二人暮らしだった。父は数年後、僕が幼稚園の年長の時に再婚した。今日から新しいお母さんだと紹介された人はショートカットのよく似合う女性だった。それが鳥居美晴さんだ。高校の教師をしているらしかった。尻込みしてしまう僕によろしくと手を差し出してくれた人だった。僕はすぐに母と呼ぶようになった。

僕は近所の公園によく家を抜け出して遊びに行っていた。そこで出会ったのが宮園だった。

幼少期の宮園の笑顔は簡単に思い出せる。先を歩く宮園が夕日の中で、くるりと振り返ると大きく手を振ってくれたことも。背負っていたランドセルから教科書が飛び出していったことも。その教科書を拾おうとした僕のランドセルから荷物が雪崩れていったのを見て大笑いしているのも。そんな毎日が続いていくのだと信じていた。大人になればこんな毎日が終わりを迎えることも、分かっていたけれど、少なくとも、もう少しあと数年は続いていくと思っていた。

「でもお前ら家近くなんだろ？　一緒に帰ればよかったじゃん？」

「え、近くなの？」

「おまえ、そんなことも知らなかったの？」

友人の僕を見る目には憐れみが浮かんでいた。

「いや、残念ながら、良好な関係とは言い難く」

「確かに。ツンケンしているよな」

秋吉は力なく笑った。眉間に哀愁が潜んでいた。秋吉も同じ小学校の児童だった。僕は秋吉のことをあまり覚えていなかったけれど、向こうは覚えてくれていて、高校に入ってから付き合いが増えた。

「クールビューティーなんだよ」

「そういう問題か？」

僕は元来た道を振り返っていた。先ほど宮園と別れた駅が見えた。苦笑している秋吉に恥ずかしくなって俯いた。

「でもさ、俺、思うんだけど、宮園は翼が小学校に来なくなってから変わった気がする。お前が病欠した翌日に宮園も休んで、それから二人とも学校に来なくなってさ。宮園と街で会うようなことがあっても、笑わなかったもんな。冷めた目をしていたわ」

そう言われて思い当たる節があるとすれば母の自殺だ。どこからか線香の匂いがした気がする。少なくとも僕にとって生活を一変させた分岐点であった。僕の父は、事故で亡くなった。僕は当時まだ幼稚園児だった。葬式には宮園も来てくれた。母、美晴さんの母であるお婆さんが詰《なじ》っていた。確かに僕は母の血の繋がった子どもではない。一緒に聞いてしまった宮園が悲しそうな顔をしていた。ひどくいたたまれなくなった。僕のせいでお婆さんに怒られてしまう母に申し訳なかったし、怯えたような表情の宮園にも罪悪感を抱いた。けれど母は僕のために言い争いをして、僕を受け入れてくれた。母は父が亡くなった後も僕の前ではいつも通りだった。口下手な人で誤解されてしまう性格だけれども、父や僕を大切に思ってくれていたのは分かっていた。

結局、母は自殺した。焼身自殺だった。父の後を追ったのだろうということで大人たちの話はまとまった。母の自殺により帰る家を失った僕は、今まで疎遠だった父の妹である叔母の東京の自宅に引き取られた。叔母は夫婦で暮らしていて、温かく僕を養子として迎え入れてくれた。

東京の利便性はあれど、望郷の思いは簡単には消えてくれない。南下する道をたどっていけば、下関市に戻れるんじゃないかと、途方もない妄想に取りつかれた。東京と下関の距離はかなり遠くて気軽に帰れるような場所ではなかった。結局一度も帰ることなく東京で小学校を卒業し中学生活を送っていた。宮園と近所だったので手紙を出すこともなければ、電話をすることもなかったので、事件後連絡を取ることはなかった。

「あ、悪い。思い出させたか？」

「いや、大丈夫。すまん。考え事してた」

「どうせあれだろ、可愛い宮園を思い出していたんだろ」

「その通りでございます」

秋吉は馬鹿だなあと大口を開けた。

「そういやさ、月島は東京にいたんだよな」

「そうだけど」

「いいな、東京。いつか行ってみたいな、ビルのジャングル。囲まれてー排ガス」

「馬鹿なの？　東京って一口に言っても、全部が全部、ビルのあのイメージだと痛い目見るよ。あと排ガスは日本のどこでも味わえるから。車の後ろに張り付いてたっぷり吸ってろ」

「死ぬから。でもさ、東京はどこもリッチだろ」

「その下品な手をおやめなさい。東京だって山もあります。高尾山とか」

秋吉のコインをかたどった人指し指と親指をおさめさせる。僕も当初東京は全体が二十三区だと思っていた。まさか山があるなんて思っていなかった。それだけ下関は東京から遠い。テレビで紹介される有名店も国会議事堂も皇居もイベントも皆東京を中心に回っている。もちろん、東京が日本の首都だが、東京なんて滅多に行ける場所ではない。遠すぎてイメージがうまくつかないのだ。

「えー。でも東京って生えている木までおしゃれそう」

「なわけあるか」

東京で暮らす中で降って湧いた叔父の転勤の話は僕にとって吉報だった。叔父は福岡県北九州市に転勤になったのだ。下関市とは関門海峡を隔てた対岸の街である。ならいっそ、僕も下関に帰りたいとわがままを言って、高校受験は下関で受けた。

受験のために久しぶりに帰る下関は思ったより感慨が小さかった。羽田発宇部空港着の飛行機を経て、空港から電車に揺られ下関につくまでの道のりが体力をことごとく持って行った。きっと、感動が薄かったのはその疲れのせいだ。それから、見事第一志望だった下関市立植木田高等学校に合格して僕たちは下関市に帰った。着いてすぐ、引っ越し業者の人が来てくれて、引っ越し初日は一日中荷解きに追われた。数日間は荷解きやら、届け出やら、新居に足りない物の買い出しやら、僕の高校入学準備などで街を見回る余裕なんてないまま入学式を迎えた。

その高校は僕が通っていた小学校にほど近く、学力も僕でも無理なく通えるところだった。そして宮園や他の友人たちに再会できるのではないかというおぼろげな期待はあった。

決して東京が嫌いだったわけではない。東京にも友人はいる。けれどいつも故郷を追いかけていた。想いを捨てきれなかった。そもそも下関に帰ったところで旧友に再会できるかなんて分からない。会えない可能性のほうがよっぽど高い。むしろ諦めて全く新しい人間関係を作るつもりで帰郷した。期待を打ち消そうと見も知らない誰かと一緒の高校生活を想像していても、最終的にその相手は宮園になってしまう諦めの悪い僕を消すための儀式だったのに。

「で、どうだった。今日の祭りは」

秋吉の声で現実に引き戻される。

「楽しかったよ」

「ばっきゃろ、そうじゃないんだよ。鈍い男だね。宮園さんと距離は縮まりましたかと聞いているんです」

「え、ああ。そのまあ」

「まあ察しているよ。俺と一緒に帰っている時点でさ」

意気消沈だ。

「嫌われてんのかな」

思い出すのは高校の入学式だった。一年一組、僕の所属するクラスの紹介から始まった。

担任は野口樹《いつき》という男性でにこやかに一礼した。そして僕らのクラスの生徒たちが名字の五十音順に呼ばれていった。男女混合で、名前を呼ばれたタイミングで立ち上がっていく。次第に僕の番に近づいてきて、呼ばれて声が裏返らないか、立ち上がったタイミングでパイプ椅子が倒れないかと緊張で揺れていた。足はどこにやれば立てるのかさえ分からなくなるほど戦々恐々としていた。

「月島翼」

「はい」

自分の番だと知っていたのにいざ名前が呼ばれると鼓動が乱れた。けれど反射的に立ち上がっていた。安堵も束の間、椅子がカタと音を立てて、冷や汗がこの一瞬ににじむ。けれど何事もなかったように次の生徒が呼ばれた。椅子が倒れた気配はない。椅子は少しずれただけで、僕は胸を撫で下ろす。そして一組の生徒全員の名前が読み上げられた。次に二組の生徒が呼ばれる。

「宮園小春」

諦めた僕の耳が無意識に拾い上げた名前に心臓が跳ね上がる。間違いなく僕が会いたかった人物と同姓同名だった。しばらく思考が停止する。するとじわじわと自嘲が広がっていく。きっと聞き間違いだ。願望が生み出した幻聴だ。

宮園ではないと思うのに声の方向を振り返る。

「はい」

僕は呼吸をすることさえ忘れて宮園と呼ばれた少女を見つめていた。少女が返事をしたはいという二文字が、他の誰の声よりはっきり聞こえて、なぜか冬の空を思い出した。透き通るような、けれどどこか痛いくらいに鋭い声色だった。ブレザーの制服を着た少女は返事をするとゆっくりと瞬きをした。他の一年生の中から僕を見つけると、その切れ長の瞳を大きく見開いた。綺麗な黒目がこぼれるほどに。それで確信する。目の前の少女は間違いなく幼いころ一緒に遊んだ宮園だと。それはあどけなくて、小さい頃の面影を見つけた気がして、思わず笑みをこぼした。けれど宮園は困ったように眉を寄せた。あの頃よりも背が伸びて、健康的な小麦色だった肌は今では白く浮かび上がって、活発的に開かれていたその瞳には愁いを帯びている。あの頃と何もかもが違う。そして宮園は他人行儀に微笑むと前を向き直したのだ。

目が合った一瞬がスローモーションのように僕の脳に刻まれた。瞳が揺れてこちらに向いた様も、瞬きの時にまつ毛が震えたのも、立ち上がる時にその細い肩にサラリ流れた黒髪も、呼吸のために盛り上がった首元も、コンマ一秒の動きですら逃さないように僕に取り込まれていった。その一瞬を何度も脳内で再生して一人にやける頬を抑えた。そしてぎこちなく笑った表情に突き放されたんじゃないかと不安にもなる。全てはたった一瞬の出来事なのに一喜一憂していた。それから再会できた喜びで話しかけたのだが、宮園の反応は芳しくなかった。僕にとっては忘れられない存在だったけれど、宮園はそうじゃないのかと落ち込んだ。いっそ忘れられているのではないかと気を揉んだ。けれど覚えていないのなら思い出してもらえればいいなと、挨拶からスタートしたのだ。

「しつこかったかな」

「なよなよすんなよ。気持ちわりぃ」

秋吉は唇をゆがめている。ごもっともなので言い返せない。

「なあ、あれって樹《いつき》じゃね？」

秋吉が手のひらで作った庇を額につけて目を細めている。

「は、どれ？」

僕も首を伸ばして雑踏の中から担任の姿を探した。人が多くて、どれか分からない。

「いなくね？」

「は、おるやろ。あそこ、樹《いつき》と女の人がおるね。めっちゃ美人やん。あれが奥さんかな」

そこでようやく樹先生を見つける。樹先生は子どもの手を引いていた。その反対側にいる女性は子どもの顔を覗いて何やら話している。誰がどう見ても微笑ましい光景が広がっている。

「ああ見つけた。先生、お子さんいるんだね」

「それな。学校じゃ奥さんの話しかしねーもんな」

我らが担任、野口樹先生はすぐに生徒の人気者になった。マスコット化して、下の名前で呼び捨てにされている。かといって馬鹿にされているわけでもないのが不思議な先生だ。そんな樹先生は雑談をすると奥さんの惚気話しかしない。デレデレの話を聞かされる。けれど恋に勉強に一生懸命な生徒は先生の、いや、青春を味わった先輩の話をありがたく傾聴しているようだ。

「てか、先生っていくつ？」

「さあ、まだ教師二年目らしいよね。最初の紹介で言っていたけど。担任を振られるなんて思ってなかったって。だから岩室先生が俺らのクラスの副担任としてついているわけらしい」

岩室先生は僕らが通う植木田高校の裏ボスと呼ばれている大ベテランの教師だ。校長先生ですら、頭が上がらないなんて噂がある。

「明日先生を揶揄《からか》ってやろーぜ」

「やめとけって。プライベートだろ」

「それもそうだな」

聞き分けがいいが、少し不満げにも見える。

「いーな。俺も恋したい」

「勝手にしてろよ」

「うわ、翼君。そんなこと言っちゃうんですね。今日の恩も忘れて」

身をくねらせながら唇をとがらせている。

「はいはい。悪かった、悪かった」

「そうだぞ。ごめんなさいは？」

「ごめんなさい」

「そうそう。秋吉様様です」

「それも言わないとだめ？」

「ああ。それでチャラにしてやる」

「秋吉様様です」

「よろしい」

秋吉は満足げだ。僕は苦笑いを返しながら二人帰路についた。


連休明けの学校で調子に乗った僕は宮園に祭りについて話しかけたが、けんもほろろ、借りてきた猫のようだった。昼休みになって僕の席に調子のいい秋吉がやってきた。僕は机の上に叔母さんが持たせてくれた弁当を広げた。一方、秋吉はパンを片手に窓辺にもたれながら、パック入りのジュースを咥え、音も立てずに吸っている。

「なあ、入学式の写真見たか」

「ああ見たけど」

「二組の奴に集合写真のコピーをもらったんだけどいる？」

「いらねーよ」

咽びそうになった。赤い顔をそらした先に廊下を歩く樹先生の姿があった。教室と廊下の間を隔てる壁は腹部辺りから上が窓になっている。たまに廊下を通る人に観察されているような気分になる。水族館の魚にでもなったような。

「げ。樹が来たよ」

樹先生は教室のドアに手をかけて入ってきた。クラスメイト数人と話をして、話が済んだのか、ドアの方へ足を向けた先生と目が合った。

「樹」

秋吉が手を振った。

「先生な」

樹先生は呆れた表情で歩み寄ってきた。

「先生、昨日祭りに行ってた？」

「ああ、行ったよ。君たちもいたの？」

「そうだよ。翼が久しぶりの下関だからさ」

秋吉が僕の肩に手を回してポンポンと叩く。

「ああ、月島君はもともと下関に住んでいたもんね」

「え、先生知ってたんすか」

秋吉が目を丸くしている。隣で中学から引き継いだ書類か何かに書いていたのかなと勝手に納得する。

「え、ああ。美晴先生のお子さんだったから」

「え」

僕は目が点になった。母のことをニュースで知っていたのかと思ったけれど、樹先生が母を呼ぶ声に親しみを感じた。それもそうか。母の教え子が大人になってそして教師になっていてもおかしくはない。それくらい時間は過ぎていた。

「先生にはお世話になったよ。美晴先生のことは、その大変だったね。何かあったら、相談のるからね」

「ありがとうございます」

先生は優しい笑みを浮かべて去って行った。

一年二組

体育館は私たち新入生を、迎えるために飾り付けられていた。長い式典をぼんやりして過ごす。ふと、何かに呼ばれるように視線を向けると、男子生徒が名前を呼ばれて立ち上がっているところだった。彼は私に気が付いていないようで、見ていたことをまだ知られないうちに視線をそらした。怖気が襲った。どうしてここで会うことになったのだろう。彼が目に入った瞬間、忘れようとしたあの日の記憶が引きずり出された。途端に足元の板が外れて、落ちていくような感覚に囚われる。

私を呼ぶ声が聞こえた。我に返って立ち上がり、返事をする。視線を感じた。分かっていたはずなのに体が勝手に視線をたどった。彼の双眸がこちらに向いていた。そして驚いたように目を丸くしている。ここにいるとは思わなかったという表情だった。彼に会うと知っていればこの高校に入学することはなかった。正面を向こうとしたタイミングで彼が呆けたような顔から一変、屈託のない笑みを浮かべた。その笑みを見た途端、私の胸に罪悪感が黙々と湧き上がった。今まで会うことはなかった。このまま一生再会することもなく人生を終えるのだと思っていた。それが正しいことだと。彼の顔を生徒たちの中から見つけた瞬間、私は過去に連れ戻されていた。彼の母親が自殺したあの夕方に戻っていった。開いたドアの隙間から見た光景を忘れられない。人の気配さえ感じられない冷え切った部屋、息をひそめて身を隠したソファー。その向こうに足が伸びていて、彼の母親が床に直接座っていて、ロープが首にぐるっと巻き付いていた。ロープはドアノブに繋がって、母親の顔は赤くなって、口からどろり唾液が垂れて。これ以上思い出さないように呼吸を整える。

　あとで母親の首吊りについて調べた。自分の体重の全てまたは一部を加えて索状物を締めて頸部を圧迫し、死に至ることを縊死《いし》という。俗にいう首吊りだ。しかし、首を吊った状態のように完全に足が浮いていないと死に至らないわけではない。足が地上についていても体重がどれほど掛ったかによる。大体の人が首つりと聞いてイメージするような状況、輪にしたロープなどがあご下で引っ掛って、首の後ろに伸びている状態で、かつ足が浮いて全体重がロープに掛っている状態を定型縊死《いし》というらしい。それ以外の縊死《いし》が非定型縊死と呼ばれ、現に母親の事件も非定型縊死の形だった。気道を閉鎖するのは八から十五キロほどの力で可能らしい。下肢が地面についている場合でも体重の十五パーセントが首に回したロープのようなものに掛るらしい。だから母親の足を投げ出した状態でも十分に死に至るということだ。

　母親はロープをひっかける場所を見つけられず、この方法を採ったようだ。警察も同じ理由で納得したらしく、自殺と処理されたと後日聞き及ぶに至った。母親が彼を残して死んだことが許せない。けれど一番許せないのは私の犯した罪だった。私は彼の母親を責めることはできないのだ。彼の母親が自殺した理由は、間違いなく彼の父親が事故死したことによる後追い自殺だった。そして彼の父親を殺したのは他でもない私だった。

手に残る感覚をごまかすように握りしめる。記憶は雨音を伴っていた。あの時の気温も手の感覚も、まるでさっき起こった出来事のように鮮明に覚えている。両手を伸ばした先に、階段へ飛び出て行った影。雨で足元が悪かった。滑っていった影はひどい音を立てながら、階段を転がり落ちていく。手を伸ばしたまま、転がり落ちていく様を呆然と眺めていた。強い風が高架橋に吹き付けていた。油断すれば足を取られてしまいそうなほど強い風だった。膝から崩れそうになるのを何とかこらえた。確かめるように足に力を入れて踏ん張る。さもなければ、彼の父親の二の舞だ。階段の段差ギリギリまで足の裏を決して地面から離さないで擦るようにして進む。そして首を伸ばして、階下を覗き込んだ。落ちていく雨が私の横をすり抜けている。目を凝らすと今まで私と一緒にいた父親は階段の下で転がっている。うす暗い中、輪郭が浮かび上がる。降りしきる雨の中、ピクリとも動かない。向かい風の中に微かに鉄臭いにおいが混じっている気がした。雨は波紋を描いている。

父親が死んでいるのを確認して、ほっと安堵し、その場でしゃがみこんだ。

「殺した。殺した」

口角が上がっていくのを感じていた。その笑みは自分でも分かるほど歪んでいた。達成感だった。彼のための殺人だった。彼が父さんなんていなくなってしまえばいいと言ったから殺した。体の内側から溢れていくのは歓喜だった。彼の父親は酔っぱらっていた。殺しは呆気なかった。雨が祝いの紙吹雪のようにふわふわと私に降り注いでいる。雨音だけが聞こえる単調な夕方に、父親が落ちていく音はけたたましかった。もしかしたら誰か音を聞いた人が通報しているかもしれない。雨の日だったから、ただでさえ、休日の夕方の通行人は少ないのに、今は外を歩く人がいなかった。目撃者は誰もいないはずだ。それに高架橋の手すりを覆うアイボリーの板で少なくとも私は見えなかったはずだ。父親のいない側の階段を駆け下りる。体は雨に濡れて冷えているのに、皮膚一枚奥に熱がこもっていた。

私はこみ上げる笑いをこらえるのに必死だった。この喜びをどうやって例えればいいのか。下唇を噛んで笑いを押し込める。噛み締める痛みでさえ嬉しさには敵わない。血を垂らしながら、薄暗い夕方の街を歩く。

あの時の事件は、通行人が発見して警察に通報された。警察は死体の状況や路面の状況を調べた。しかし雨は父親を突き落とした後にも降り続けていて私が現場にいた証拠は水に流れていった。都合がよかったことに現場から私の家まで防犯カメラは設置されていない道だった。彼の父親が高架橋にいたのは全くの偶然だった。私はよく出歩いていたとはいえ、神が授けたチャンスだと思った。警察は私の殺人を事故として処理した。私の犯行だと思ってすらいないだろう。事件はとっくに終わっていたと思っていた。彼は転校して、再会することもないと思っていたのに。彼は入学式で私を見かけて微笑んだ。私と再会できたことがこの上ない喜びであるかのような顔をしている。そんなはずはないのだ。彼の家庭を壊したのは他でもない私なのに、彼は知らない。これからどうすればいいのか。彼にどんな顔を合わせればいいのだろうか。

視線をそらした先に窓があった。窓の隅に妖雲が覗いていた。

一年一組

「授業、始めるよ」

昼休みが終わるチャイムとともに入ってきた樹先生の声が教室に響き渡る。その声にかぶさるようにしてガタゴトと椅子を引く音が教室のあちこちからした。まだ話し足りない秋吉は不満げな顔を覗かせたが、すぐに自席に戻っていった。まだ、着席していなかった生徒たちが、それぞれの席に戻る。さっきまで不満げな顔をしていた秋吉は新しいおもちゃを見つけたみたいに目を輝かせた。悪い予感しかしない。

「樹」

「すんません。樹先生」

「なんですか」

ここまではいつも通りのやり取りだった。僕はもう秋吉が調子に乗らないかひやひやしている。

「そういや先生の奥さんが学校に来たってほんとすか？　二組の奴らが言ってましたけど」

先生は咳き込んだ。

「二組の誰ですか」

咳の間から苦しげに質問を返した。

「全員見たらしいっすよ。え、それより先生、質問に答えてくださいよ。奥さんはなんで来たんですか」

「忘れ物があったのでわざわざ届けに来てくれたんですよ」

冷やかすような歓声が上がる。

「また来てくれますかね」

「会ってみたいよね」

他の生徒までもが秋吉に同調している。

「いや、今回が初めてですからね。もう来ないいんじゃないですか。はい、もういいですか。授業始めますよ」

先生は手を叩いて終わらせようとしたが、生徒たちの会話は続く。奥さんは迷うことなく、職員室にたどり着いたという。うちの職員室は分かりにくいところにあるので大体迷うのに。これは慣れてますねと御多分にも漏れず、秋吉が冷やかしていた。先生は本当に初めて来てくれたんですからと少し迷惑そうな表情だった。ついでにいうと美人さんだったらしい。僕は二組の知り合いが宮園しかいない。二組の全員が目撃したのなら、宮園もきっと目撃している。後で話を聞いてみようかと始まった授業を夢うつつで聞きながら話し掛ける口実を考えている自分が愚かしく感じた。

放課後になって僕は一人で廊下を歩いていた。開いた窓から春風が流れ込んでいる。鼻をくすぐられて、くしゃみをする。鼻を押さえながら顔を上げると、廊下の突き当たりの教室のドア、その小窓に宮園の姿が見えた。他の教室と違い、その教室は空き教室で、廊下側の窓がないので暗く鬱蒼としている。後ろ姿だけで宮園と分かるその距離は五メートルくらいなのに、ひどく遠くにいるように思う。

「宮園」

距離を取ろうと思ったのに気が付けば声をかけていた。しかし宮園は呼びかけに振り返らない。聞こえなかったようだった。陰になって分からなかったが、樹先生と話をしていたようだ。邪魔をしたら悪いので足早に通り過ぎようと思ったのに宮園は振り返った。そして樹先生に向き直り、二言三言話すと二人は連れ立って教室から出てきた。呼びかけてなんかいませんよと素知らぬ顔で通り過ぎようとしたところで「月島君」と声を掛けられた。樹先生が呼んでいた。無視はできないので、気まずさを抱えながら話に混ざる。

「はい、なんでしょう」

「最近、不審者がいるから注意するように」

宮園は一人顔色が悪い。少し震えているようだったので、僕は宮園の顔と樹先生を見比べた。

「え、あ、はい」

僕が頷くと、部活に行く予定の秋吉たちが通り掛った。彼らは僕らを見て口々に言ってくる。鰯の群れに遭遇したような気分だ。

「樹じゃん」

「なあ、部活決めた？」

「今度遊ばね？」

樹先生は苦笑い。僕は情報量の多さに目眩《めまい》。宮園は変化無しである。

「聖徳太子じゃないんだから、いっぺんに話しかけないで」

樹先生がおかしいと奴らに言う。彼らはそのまま群れをなして通り抜けていった。後には嵐が去っていったような静けさが残った。

「じゃあ、二人とも身辺に気を付けるように」

先生はそう言い残すと去って行った。宮園が何も話してこない。振り返ると、青ざめた表情で呆然としていた。

「大丈夫？」

僕の呼びかけで宮園は我に返ったように顔を上げた。

「ええ。平気」

宮園は平気と繰り返した。そうは言っても、何かあったのは明白だった。宮園の目は去っていった樹先生を睨みつけるように細められていた。

一年二組

放課後のホームルームが終わって廊下に出た。部活に行く生徒たちはとっくに教室を出ているので、生徒はまばらだった。ほとんどが帰宅している。私も早いところ帰りたいのだが、今日は彼のクラスの担任に呼び出されている。放課後に廊下の突き当りにある空き教室に来てくれということだった。

私とは直接関わりがないのに何の用だろうと訝しく思いつつも拒否する理由もない。私は指定された教室へと向かった。

隣の一年一組に私の親しい人はいない。そう思ったのに、瞬時におどけたように笑う彼を思い出して腹が立つ。先生に呼び出されたのはおそらく彼の関係だろう。

嘆息がこぼれていった。できれば彼に近づきたくない。指定された空き教室に行く途中で隣のクラスに目が行った。なんとなく彼を探していた。教室では机を囲んで男女数名が残って話をしていた。何が面白いのかどっと湧き上がる。その環の中心から離れた場所に彼がいた。屈託のない笑みをこぼす彼は、昔の姿とダブって見える。彼は顔を上げた。笑みで細められていた目が、蕾が開くように私を見つけてゆっくりと開かれる。彼は私を呼ぶように手を振った。一緒に話をしようと言っているようだ。犬が尻尾を振っているみたいな姿は、窓から入る西日の穏やかなオレンジ色で彼の輪郭をぼかして風景画のようにしていた。彼は机にもたれ掛っていたのに起き上がって私の方へ来ようとしている。私はそれを振り切るようにまた歩き始めた。私の背後から彼を揶揄《からか》うような声が追い越していった。教室は明るかったが、廊下は北側で、窓を開けても少し湿気ってカビ臭く感じるほど薄暗い。廊下と教室を隔てている窓は私と彼の明暗さえも分けているようだった。

今でもあの飛び出さんばかりに開いた充血した目が私を睨んで離さない。首をくくった彼の母親は私が忘れようとするたびにしがみついて呪っている。私が階段の下に突き落とした男が起き上がって私を追いかけてくる。

彼は私が彼の父親を殺し、母親を死に至らしめたと知らない。知らせるつもりもない。笑いかけてくる彼に口を開けば罪を告白してしまいそうになる。彼が近くにいなければ体の中をめぐる毒は落ち着いているのに、彼が近くにいると私の皮を破って外に出ていこうとする。怖い。彼が近くにいることが。苦しい。終わったと思っていたのに。

彼の父親の葬式で自らの過ちに気が付いた。遺体の傍らで泣く彼を見て、私の罪を知った。彼は父親の死を望んでいなかったのだ。さらに、彼の母親は後追い自殺した。私が壊したのだ。

先生に言われた通りに空き教室に入った。出入り口に近い椅子に腰かける。

先生は後から入ってくると、戸をぴっちりと閉めた。私は椅子に座ったまま先生を睨むように見上げた。

先生は私の正面に椅子を引きずって腰かけた。席に着くや否や、まるで心配でもするように眉を寄せた。

「あなたは脅されているんじゃないの？」

「すみません、話が見えてこないのですが」

「彼のお父さんって、本当に事故だったのかな」

「は？」

自分の顔が条件反射で動いた気がした。先生はその様子に気が付いたようで私を安心させようと微笑みかけたのだ。

「いやね、彼のお父さんが階段から突き落とされているのを見たことがあるんだよ。ちょうど幼い君たちくらいの」

発された言葉は抑揚もなく、それでいて私を壊していくには十分な威力を持っていた。

宥めるように私は腕を掴んでいた。急に何を言い出すのかと言えば、そんなこと。瞬間的にあの日のことを思い出す。私が突き落とした男は階段の下、雨を受けて身じろぎさえしなかった。高架橋の周辺に人影はなかった。雨の日だったから、見通しも悪くて、あの事件は事故として処理された。それで終わったはずだった。彼が私の近くにいることだけが問題だと思っていたのに。

「彼のお父さんは高架橋から足を滑らせて亡くなった不慮の事故です」

「高架橋って知っているの？」

その手には乗らない。

「ええ、当時ニュースにもなっていましたから。それより先生。それを目撃したのなら、なぜ直接、警察に言わずに私に声をかけたんですか」

「警察には言ったけど相手にされなかったんだよね。見間違いじゃないのかって。それにあの周辺に防犯カメラがなかったみたいでさ、証拠がないってんで」

表情が抜け落ちそうになった。自分の平穏な生活は綱渡りの状態にあったのだと知る。

「それで、君が殺したと思っている。彼の指示で。それを今脅されているんじゃないの？

違う？」

「何が目的ですか」

思わず舌打ちをしそうになった。それに気が付いたのか先生は口角を上げた。

「真実を明らかにしないと苦しいでしょ」

そんなことはない。話さないで保てる平静だってある。そもそも彼は私の罪を知らない。

「違います」

「そう、じゃあ彼にも聞いてみるしかないか。もちろん脅してるかなんて正面切って聞くわけにはいかないけど」

「何でそうなるんですか」

「いやね、いつまでも、本心を隠して生きているよりは、話したほうがいいんじゃないかなと思って。自分の痛みに気が付かないこともあるからね」

先生は笑っている。これは紛れもない脅迫だ。彼の今の生活を脅かすため。もしこの学校で彼の殺人の噂が立ってしまえば彼は後ろ指をさされ、疎外されてしまうだろう。事実、彼は殺人を犯していない。しかしこの噂が先に立ったまま、私が殺したと真実が知れ渡ってしまえば、先生と同じように、私を脅して、彼の父親を殺させたと考える人がいないわけでもない。つまりどう転んでも彼の立ち位置は悪いものへと変わってしまうのだ。

「あなたの味方だから。苦しいなら相談して」

先生に肩を掴まれて、いつの間にか目を閉じていた。瞼の裏に先ほどの光景がよみがえる。廊下を歩く私に嬉しそうに声をかけた彼の姿と、その周りにいた彼のクラスメイト達。

放課後の沈み始めた太陽光で満ちたあの空間を私のせいで壊したくない。廊下に人の気配を感じた。

「先生、そのお話はまた後程」

私たちは教室を出た。そして先生は廊下を歩く彼の背中に呼び掛けた。彼はバツが悪そうに振り返った。

「はい、なんでしょう」

先生は身辺に気を付けるように注意を促した。一番の脅威は目の前にいる。皮肉でしかなかった。

そこに部活に行く予定の同級生たちが通り掛った。彼らはどうやら彼の友人らしく、楽しそうに話しかけていく。

「ここで何してんだよ」

「樹じゃん」

「今度遊ばね？」

「もしかして、彼女」

私を指さしている奴がいたが、スルーされている。聞こえなかったんだろう。私も一斉に話しかけられていくつか聞き漏らした。先生も苦笑いで一人ずつ話すようにと笑った。

彼らはそのまま群れをなして通り抜けていった。嵐のようにパワフルだった。先生は二言三言彼に話をして去っていった。

「大丈夫だった？」

まさか先生と私のやり取りに気が付いているわけではない。

「ええ。平気」

私はその言葉を繰り返した。

そうだ。平気だ。

私は彼の顔を正面にとらえた。彼は少し戸惑ったように視線を揺らした。その間抜けた表情が微笑ましい。そして何度も惹かれてしまう。彼に縋ろうとしてしまう。彼に執着するように伸びてしまう腕ならば、いっそ切り落としてしまいたい。許されたい。救われたい。けれど許されない。だから離れることしかできない。この二人を隔てる一歩分の距離でさえひどく遠く感じるというのに。私の手は血で汚れてしまった。私の答えは決まっている。彼の平穏を壊すのは私と、先生だ。先生が黙ってさえいれば、彼の父親について知られることはない。つまり彼の平穏は保たれる。私はまた彼との距離を取ればいい。私は彼のために人を殺す。もうすでに一人殺している。もう一人くらい殺したところで変わりはない。だから今度こそ彼のために人を殺す。

第二章

一年一組

先生に言われた不審者を口実に僕らは一緒に帰ることにした。

二人は言葉を交わすこともなかった。沈黙が重い。僕だけが気まずいのかと思えるほどだ。宮園のほうはどこに視線を合わせればいいのか迷って、正面だけを見つめてバスに揺られているように見えた。話をしたいのに、言葉が出てこない。先生と何を話していたの。聞きたいことはたった一言のはずなのに、その一言が重たく口の中で粘り気を持っていた。けれど飲み込むには、重すぎて僕は口を開けたり閉めたりするばかりで、どうしようもない。雑談でも何でも話せればいいのに、それさえもネタが浮かばない。バスは空席が目立つが、二人横並びでつり革に掴まった。正面向かい合っていたら、口を開けば話さないといけないと緊張して、二枚貝みたいに真一文字に唇を結んでいただろう。宮園はどんな顔をしているのだろうか。顔は正面に向けたまま、目だけ移して宮園の顔を伺う。その目は虚ろで何か考えているのだろうけれど真意が掴めない。どこか遠くを見ている宮園との距離が遠く感じる。

「ねえ、大丈夫?」

言葉を続けようとしたのに宮園が食い入るように大丈夫と返す。僕は口を噤むしかなくて、また言葉にできない思いを持て余す。ポケットに手を突っ込んで中に入っていた十円玉を手慰みにくるくると回した。宮園も気まずいのかしきりに鞄を持ち替えている。バスを降りた後も気まずい無言を引きずって、昔遊んだ近所の公園まで歩いたところで、宮園が足を止めた。宮園は俯いたまま唇を引き結んでいる。僕は先に進んだ一歩分、振り返って宮園を待つ。意を決したように僕を見上げた。苦しそうに眉を寄せていた。

「ねえ、なんで帰ってきたの」

急に放たれた言葉に、まごつく。僕は混乱した頭で、言葉を返そうと思った。公園から遊ぶ子どもたちの元気な声が僕らの間で空疎に流れていった。

「ごめん」

「なんで、もう会うこともないと思っていたのに、何で帰ってきたの。折角リセットしたのに、なんで、私に話しかけるの」

僕はずっと宮園を追い詰めていたのだ。何か言わなくちゃと思って出た謝罪を皮切りにこらえきれなくなったように呪詛のような言葉をまき散らした。宮園の目に涙が浮かんできた。僕は胸を突かれたように動けなくなった。

「なんでなの」

怒りが涙と混ざっていた。こぶしが僕の胸を責めるように叩いた。力はこもっていないのに臓器がえぐられているように痛かった。僕は宮園の肩をつかもうと手を伸ばしていたが、その手を引っ込めた。僕が傷つけているなんて知らなかった。

「ごめん」

「いなくなった後、どうやって私が生きていたか考えたことある？　あんたなんか大っ嫌いでいなくなって清々していたのに、戻ってきて話しかけてくるなんて」

宮園はまた苦しそうに眉を寄せて俯いた。

「お母さんが首を吊ったのは翼君のせいなんじゃないの」

さっきまでの怒りが嘘のように静かになった。つぶやきにも似た小さな声は明らかな凶器だった。けれど、気になる部分がある。僕は宮園の肩に手を伸ばした。その自分の軽率な行動に、後悔する間もなく、その手は弾かれるように振り払われた。

「もう構わないで」

睨みつけられて僕は尻込みする。宮園は逃げるように走り去っていった。ここまで拒否されて、追いかけることはできなかった。

「うわー。お兄ちゃん嫌われてやんの」

「女の子泣かしちゃいけないって、お母さん言ってたよ」

「兄ちゃんどんまい」

「次があるよ」

公園で遊んでいた子どもたちがフェンスにしがみつくように集まっていた。僕らの様子を伺っていたのだろう。僕は好奇心旺盛な丸い瞳に構える余裕もなくそうだねと適当に流しながらその場を去った。

とてもじゃないが次回のことを考えることはできない。宮園に勝手に抱いていた思いは二度と叶わないと今知ったばかりだ。七・八年以上、下手したら十年近く抱いていたこの想いは今この瞬間に捨てなければならないのだ。その時間は僕の人生の大部分を占めている。簡単に割り切れるものではない。宮園は友人としての関係さえも拒んだ。僕は何をやっているんだろう。自嘲が襲う。こんなことなら再会しないほうがよかった。諦めて忘れていたのに。いつから宮園は僕のことを嫌っていたのだろう。高校に入学してからか。いや、宮園の口ぶりからすると、小学生のあの頃まで遡りそうだ。一緒に遊んでいた時は楽しかったが、それは僕だけの勘違いだったのだろうか。僕らは公平に揶揄い合う関係だと思っていたが、本当のところはどうだったのだろうか。宮園は自己防衛のために僕と同じ攻撃を返していたとも考えられるのではないか。だとすればもう目も当てられない。全ては僕の勘違いだったのだ。宮園を傷つけていたという事実にただただ困惑する。謝罪したいが、宮園は望まないはずだ。宮園の望みは僕が関わってこないことだから。謝罪なんかもっての他。恐怖を与えるだけに決まっている。だから僕のとるべき行動はこの罪悪感を抱えたまま、宮園から距離を取ることだ。これから同じ学校で三年間、知らぬ人のように過ごすのだ。そう考えると家に帰る足取りはとても重かった。

家に帰っても何かをするようなやる気は起きず、早めに煎餅布団にもぐりこんだはいいものの、何とも言えない後悔が渦巻いて眠れなかった。

気が付いたら朝になっていて、学校に行きたくないと絶望に見舞われる。宮園の顔を見るのが怖い。宮園の姿を認めてしまえば挙動不審な動きをしてしまうだろう。そうすれば鋭いところがある秋吉が何か思うだろう。おそらく秋吉は興味津々で追及してくる。その時、僕は逃げられるか自信がない。これはダメだなと僕は頭を抱えた。布団から起き上がる。靴下を探さないと。けれど動けない。まるで体に根が張ったみたいに。靴下は引き出しの中だ。引き出しを開ければすぐなのに、それすらできない。壁掛けの時計が僕を嘲笑うように回っている。今動かなければ遅刻する。

「あんたいつまで寝てるの」

叔母がノックをしている。ちょっと父さん見てあげてと、叔母が叔父をつつくように促した。朝食のパンを咥えた叔父がドアからネクタイを結びながらぬめっと顔を出した。

「大丈夫か」

ネクタイを結び終えた手にパンを持ち替えた。叔父に笑い返そうとしたのに、口角が固まったみたいに動かない。

「あ、ごめん。なんか、学校行けそうになくて」

「そうか」

叔父はのんびりしている。発言も少し間延びしていて目許も垂れているのでナマケモノにも見えなくはない。

「熱はないのか」

「うん」

「体調が悪い？」

「いや。ちょっと、学校でトラブルがあって。大丈夫なんだけど、体が動かなくって」

おじさんはそののんびりした表情で何か考えているようだった。

「そうか。じゃあ、休むか」

「え、あ、え。いいの」

「いつも頑張ってるからな。サボるのも大切。遊んでおいで」

閉まっていく扉の向こうで叔父さんは曲げた口にパンを押し込んだ。

休もうかなと思うとさっきまでの体の重さが嘘のように歩けるようになっていた。扉を出るとおじさんが言葉少なく、叔母さんを説得していた。

「あら、ほんとうに」

叔母が僕の顔色を確認した。

「まあ、そういう日があってもいいんでしょうね。学校には私から電話しておきましょう。まだしなくていいわよね、八時すぎぐらいに電話するわ」

僕は許しを得て学校をサボタージュすることになった。家にいようかと思ったが、もやもやして仕方がないので僕は手櫛で簡単に髪を整えて鞄にスマホと鍵と財布を突っ込み、家を出た。叔母はテレビを見ながら言ってらっしゃいと声をかけてくれた。僕は厚意に甘えながら私服で駅を目指すことにした。学校が始まるまで十分前。どう考えても今から学校に行って間に合うわけがない。けれど僕はなぜかいつもと同じように駅に向かって歩いていた。どこに行くか全く決めていない。駅に着いてから決めても遅くはない。どうせ駅に行かなければどこへも行けないのだ。いつもの通学路なのに、いつもと違う時間だから様子が違う。家を出る時はしんと静まっている道沿いの店は準備を始めたのか閉ざされたシャッターの向こうから何やら物音がする。車の交通量もいつもの時間帯より多い。駅に近づくと人はかなり少なかった。通勤通学の人々はとっくに出ているのだ。寂れた駅のロータリーにはバスが一台停まっていた。いつも登校に使うバス停だ。遠くにそれを見ながら、どこに行こうか迷った。角島に行くのもいいかもしれない。まだ海水浴のシーズンには早いので海には入れないけど、気分転換にはもってこいだ。きれいな海を眺めていれば落ち着くかもしれない。けれど下関の方なら遊ぶ場所もある。祭りの日に出歩いたとはいえ、一人で行くのは久しぶりになる。行ってみたいところもある。僕は停まっていたバスの横を通り抜けようとした。この近辺に住んでいる植木田高校の学生は電車を使わずにバスで登校する。バスはエンジンをふかしていた。発車する直前に、学生制服の少女が乗り込んでいたことに気が付いた。今から学校に行くのか。バスロータリーの時計が九時三十分を示している。ここから学校まで今から十五分くらいは掛る。一時限目には間に合わないだろうと同情すれば、宮園だった。僕は息をのんでしばらく見つめてしまった。すぐには目で追う習慣は止められないらしい。宮園は後部座席に腰を下ろしている。やや俯いているので髪の毛が顔の方に掛って表情は伺えない。つい癖で宮園に声をかけようと手を伸ばしていた。

瞬間に発車のアナウンスが流れて、ドアが気の抜けるような音を立てながら閉まっていく。ハッと息をのむ。自分は今何をしようとしていたのか。宮園から離れることを決めたのに、無意識で声を掛けようとしていた。

「ばかだな」

自嘲をバスの走行音がかき消した。僕は市街地である下関駅行きの電車を待つことにする。やってきた電車に表情の抜け落ちた人々が乗り込んでいく。当たり前だけど見知った顔が一つもない。今頃皆学校にいるのだと思うと途端に僕だけ知らない世界に紛れ込んだような気分になる。僕たちの家がある住宅街から遠くに山が見える。街に近づくにつれ、緑は少なくなって、市街地まで来るとミートスパゲッティの上で彩を添えるために置かれたパセリみたいに申し訳程度になる。車窓から流れていく市街地の景色を目で流した。

駅に着くと電車から吐き出された人々がせかせかと改札へと急いでいる。僕は後の方から出てホームのベンチにかけて過ごし、人波が引いていくのを見ていた。

電車は芋虫みたいな顔を僕に向けたまま後退っていく。それが見えなくなるとプラットホームが細く切り取った空を見上げた。春霞の空はぼやけていてどうにもすっきりしない。僕の眼が眠たくてかすんでいるのかとこすってみても何の変化もなくて、またため息をついた。その息は鈍い空に混ざっていく。

駅の改札を出た時に、遠くでサイレンが聞こえた気がした。


車から両足を外に出して体を起こす前に、一秒ほど空に目をくれてやる。これは藤堂芳雄の現場入りのルーティンだった。それをする意味はない。強いて言うなれば、願掛けだ。事件にあたっている間は空を見る暇もないくらいに忙しくなる。解決まで見納めでもあった。藤堂は頭を傾げて腰を浮かし、車外に出た。近くに止めた車から見る現場は騒然としている。藤堂は昨日までの非番のゆるみを張りなおすように背筋を伸ばして、現場まで闊歩する。狭い住宅街に消防車が一台停まっている。消火活動は終わって、消防による現場検証が始まったところだった。藤堂は消防の職員たちの邪魔にならないように野次馬に混ざって離れた場所から現場を見渡した。時刻は現在、九時四十五分。消防車と警察車両の赤色灯が回転して視界にうるさい。ついでに漂っている焦げ臭いにおいに顔をしかめた。

「またひどいな」

無精ひげの顎を撫でる。ざらついた感触が手に残った。

消火は済んだとはいえ、先ほどまで燃えていたのだ。生々しい現場である。まだ白い煙が曇天に向かって細く伸びている。消防が合図を送ったので新鮮な空気を惜しむように深呼吸をする。藤堂は胸ポケットに入れた警察手帳を取り出し、スプリングコートの裾を翻しながらその喧騒の現場の内側へ入っていった。

現場は下関の住宅街のとある借家だ。それを囲うように黄色い規制テープが風に揺られ、その内側には駆け付けた消防と警察でごった返している。担架に乗せられた被害者が救急車で運ばれるのを無言で見送った。規制の外では野次馬や通報者、目撃者に事情聴取をしている警官で溢れていた。

後輩刑事の行沢の説明を聞きながら藤堂は再び顔をしかめ、現場の中央に向かっていく。ガソリンでも撒《ま》いたみたいな鼻をつく臭いも微かに感じて気持ちが悪い。焼けた箇所は黒く煤にまみれ、ここが現場だと否が応でも分かる。

ベテランの風貌の消防士が疲れたような顔で藤堂たちのいる方向へ歩いてきた。藤堂と同じ年くらいの年頃に見える。

「他の家屋への被害はない。ケガ人がおって、さっき救急で運ばれた」

消防士は簡潔に言った。なまりが強い。壮年を迎えている消防士の表情は精悍で、職人のようにも見える。藤堂は信用してもよさそうな人だと好感触を抱いた。

「その人の容体は？」

「予断を許さん状況や」

「ええ。ありがとうございます」

「君らも匂いでとっくに気が付いとるやろうけど、ここには燃焼促進剤か何かが撒《ま》かれとるようや。こっちはこれから調査していくけ、そっちに連絡が後から行くやろう。じゃあまた」

その様子を見ていた消防士はにいと犬歯を出した。どう考えても威嚇している顔に見えるが笑っているのだろう。藤堂は愛想のない笑みを返す。消防士の男は固そうな唇を結んだまま去っていった。まだ消防の作業は終わりそうにない。藤堂も他の刑事たちのようにとりあえず周辺の調査を始めた。まず通報者から話を聞き始める。

通報者の男は藤堂の前で怯えたように話し始めた。

「僕はいつも通り仕事に行くから家を出たんです。すると前方の家が赤く光ったんです。初めはそういうライトなのかなと思ったんですけどおかしいなと思って。近くにいた他の人も集まってきて、同じように首を傾げているんです。そしたら家の中から人が、火だるまの人が飛び出してきて。怖くなって固まっていたら、誰かが通報って叫んで。それで慌てて通報しました」

「それは、大変でしたね」

「ええ、火だるまになった人に他の人たちが消火器を向けて火を消そうとしていました」

トラウマになりそうな状況だ。震えも納得できる。

「そうだ、その人叫んでいました」

「叫んでいた？」

「ええ。ツキシマツバサがどうとか」

「ツキシマツバサ？」

顔を曇らせた。行沢は聞いた名前をメモに取っている。

「その名前に心当たりはありますか」

「いいえ。知りません」

それから通報者に何点か話を聞いたが、特段おかしな様子はなかった。他の住民も同じような証言だった。矛盾点や食い違いは見られない。みな一様にツキシマツバサという名前を聞いているが、その存在は知らないらしい。

「この家の住民は」

「野口樹という、確か高校の先生だったはずですよ。ほら近所の、そうそう、植木田高校です。あと奥さんがいたと思います。確か奥さんは看護師と聞いています。もしかしたら今、まだ職場にいるかもしれないですねえ。少なくともここに見当たらないですね」

老婆はたおやかに言った。

藤堂は周辺を見渡した。先ほどまでの喧騒が嘘のような穏やかさだった。

藤堂は捜査員たちと情報を共有しながら、刑事を学校に向かわせた。一方で野口樹の奥さんと連絡を取るため行沢を向かわせた。その間藤堂は他の近隣住民に話を聞いて回った。

「怪しい人物を見かけませんでしたか」

ある主婦は言った。

「さあ、私たちはあの人を消火するのに必死だったので」

また、あるサラリーマンは言った。

「怪しい人物は、さあちょっと分かりませんね。火が出た時刻はちょうど通勤時間だったから、通行人は多かったし。ここは確かに田舎だけど、周囲に住んでいる人のこと全員覚えているわけじゃないし。時刻が時刻だから見かけない人物が混ざっていたとしても不審には思わないですね」

他の目撃者も同様の証言を繰り返すばかりだった。藤堂は二つ目の質問をする。

「近所の方々から見て、野口さんはどんな方でしょう」

若い女性は言った。

「さあ普通だと思いますよ。お仕事が忙しいから、あまり旦那さんとお会いすることはありませんけれど。奥さんもあまり表には出てこないですね。内気なんでしょう。お子さんがいるのかな。家族構成はよく分かりません。でもすれ違った時とか嫌な感じとかはしないので別にって感じです」

若い男性は言った。

「野口さんは挨拶もしてくれるし、愛想もいいですが、私生活までは。名前だって今知ったくらいです」

「最近変わった様子はありましたか？」

「いえ、特にはなかったんじゃないですか。あの、すみません、野口さんの火事って、事故じゃないんですか?」

「それはまだ分かりません。もしもの時のために調べさせていただくんです」

そうかと半信半疑だったのは近所の情報通だと自称するおばちゃんだった。

それから何人かに話を聞いたがこれといった情報は得られなかった。地方だからと言っても、近隣の住民との人づきあいがべったりというわけではない。とりあえず、ある程度聞きたいことは聞いていたので、あとは他の捜査員に引き継いだ。すると行沢から連絡が来た。どうやら野口先生の妻である野口麗奈と連絡がついて、先生の搬送された病院に向かっていると言うのだ。藤堂も事情聴取のため病院へ向かった。市内の総合病院で病床数も市内で三つの指に入るほどの大きな病院だった。病院に着くとさてどうやって行沢と連絡を取ろうかと考えていたのだが、その必要はなさそうだった。病院の受付が騒がしい。

女性が行沢に縋りつくように泣いていた。行沢が勢いに負けている。いつも完璧人間みたいに見える男だから、面白い。写真でも撮ろうかとポケットをまさぐったところで、行沢が藤堂を見つけてしまった。その顔にはいるんなら助けてくださいよと書かれている。

藤堂はため息をついて女性を行沢から引きはがし、行沢から話を聞く。先に女性と二人で医師から状況を聞いていたのだという。

「野口麗奈さんですね」

女性は首肯した。

「今、病院に一部屋借りたのでそちらにご案内しますから」

行沢は迷惑そうに乱れた襟を直していた。部屋に着いて行沢がドアを開けると麗奈を座らせ、その向かいに行沢と並んでパイプ椅子に着いた。藤堂は呆然気味の麗奈に質問を投げかけていた。

「初っ端から失礼ですが、ご主人とは同居なさっているんですか」

「ええ、そうです。なぜ朝から家にいなかったかとおっしゃりたいんですよね。今日は夜勤明けで帰ってきたところでした」

「夜勤。それは大変だ。失礼ですがお仕事は？」

「看護師です。近所の介護施設です」

「看護師さんで。まあご苦労さんです。後ほど、そちらの連絡先も教えていただけますか」

「はい」

「今日はお仕事が終わってすぐにご帰宅に？」

「いいえ。車の中でいったん眠っていました。今日は急遽、対応しないといけないことがあったので、仮眠が取れなかったんです。車に乗ると、眠気が襲ってきたので一時間ほど眠っていました」

「そうですよね。気が抜けないですよね。夜勤なんて。ほとんど職員さんもいないから、大変だ。心もとないでしょう。ところで仮眠のため車を停車させているのはどちらですか」

「職場の駐車場です」

「なるほど、ちなみにそれを証明する手段はありますかね」

「いいえ、だってこんなことになるとは思っていませんでしたから。こんなことになるなら早く帰ればよかった」と再び泣き崩れる。彼女のアリバイは防犯カメラを見れば分かるかもしれない。

「ちなみに職場まで車でどれくらいなんですか」

「五分くらいです」

「ずいぶん近くなんですね。いつも車を使っているんですか」

「ええ、夫はバスで仕事に行っていますし、それに私も車の運転の練習がしたかったので。仕事終わりに買い出しをするのに便利なんです」

「なるほど」

藤堂は頷いた。

「旦那さんと事件前、最後に会ったのはいつですか」

「昨日、朝の家を出る時です」

「いつもはどういった生活なんですかね。お二人ともお忙しそうですよね」

「そうですね。夫は教職なので、家に帰るのは遅いですね」

「そうなんですね」

「私が夜勤でなければ朝と夫が帰って来た夕方、時間が許す限りは一緒にいます」

「それはいい。ところで今回の火事ですが何か心当たりありますか」

麗奈は口を閉ざした。藤堂の言葉が入ってこないようだった。体に事実が染み渡ると、俯いた。

「火の元が分からないんです」

麗奈は首を横に振った。明らかに染めたと分かる茶髪が揺れた。

「タバコを吸うとか、燃やしたとか、料理とか」

「タバコは二人とも吸いません。物を燃やすことはないです。料理もＩＨなので」

「コンセントに埃がたまっていたとか」

「掃除はしているつもりですが、それを含めて電化製品の劣化くらいしか、発火の原因が考えられません」

「もし故意だとしたら」

「誰かが火を放ったってことですか」

机の上に置かれた手がぎゅっと握りこまれた。爪が食い込んで痛々しい。それまでの表情からは想像できないほど鋭い視線を向けてくる。確かに現場ではガソリンのようなにおいがしていた。

「もしもの話です。考えられますか」

麗奈はしばらく考えたが首を横に振った。

「最近ご主人に変わった様子はありませんでしたか？」

麗奈はまた考えるそぶりを見せた。俯いた角度でその鼻の筋がぼんやりと浮かび上がっている。

「特には。今年から担任を持ったということは聞いていました。トラブルらしいものは特に聞いていません。あ」

「どうかされましたか」

「いえ」

ごまかすように口元に手を当て、視線が泳いだ。何か知っているなと確信する。

「何かあったんですね」

「ひとつ、気になることがありました」

藤堂は口を挟まずに麗奈の言葉を待った。

「えっと、担任で持ったクラスの中に扱いの難しそうな子がいると」

「それは、どういう」

「どうやら家庭環境が複雑らしくて、どうアプローチすればいいか分からないと言っていました」

「名前とか聞いていますか」

「まさか、夫は職務を全うする人です。個人情報を漏らす人ではありません」

「では、ご存知ない？」

麗奈は瞳を揺らす。葛藤が透けて見える。背中を押してやるか。

「旦那さんのためでもあります」

「そうですよね。実は夫がうっかり名前を言ってしまって、私も忘れようと思ったんですが。翼君と言うらしいです。入学式の時の写真を見たことがあります。きっともう燃えてしまっているでしょうけれど」

藤堂と行沢は顔を見合わせた。先程聞いた名前ではないか。聞きたいことを一通り調べると藤堂はここも他の警官に任せて行沢とともに野口先生が働いている学校に向かうことにした。ツキシマツバサの正体に近づけるかもしれない。学校にはすでに数名の刑事が向かっているが、人手も足りないだろう。月島のことを土産話にくれてやるのを想像すると、思わず頬が緩んだ。

下関駅の近くは特ににぎわっていて、ショッピングモールやもう少し歩けば僕の好きだった水族館がある。僕は働かない頭で関門海峡の方向へ足を延ばしていた。潮風に導かれるように歩いていく。横断歩道を渡ると視界が開けて、狭いところで一キロにも満たない海を大きな貨物船が窮屈そうに流れていく。関門海峡だ。左手には青空に映える真っ白な橋が対岸に架けられていて、対岸の北九州市門司区に繋がっている。関門橋である。僕には白く見えるあの橋は、母には緑がかった灰色に見えたらしい。本当は何色なのか答え合わせをしないまま時間が過ぎてしまった。対岸にはレンガ造りの建物が見える。門司港だ。大正明治のモダンな街並みが残されている。観光地としての店も多く、ただ歩いているだけでも楽しい。そんな街を横目に僕はウッドデッキを歩いていく。魚の匂いが鼻につく。市場が近いのだ。久しぶりの感覚に嬉しくなる。気が付くと水族館に着いていた。この水族館には小学生の時に社会見学できていた。宮園も一緒だった。

僕は苦笑いした。宮園のことを忘れようと思って傷心旅行のつもりだったのに、これじゃまるで忘れられない。それに先日一緒に歩いた道に宮園の姿を探している。失敗だった。角島にしておけばよかった。今からでも向かえば海が見られるだろうか。

手の甲に何かが落ちる感覚がした。見ると水滴がついていた。周りは開けていて水が垂れてくるような建造物は見当たらない。見上げると空が鈍色になっていた。地面に視線を落とすとアスファルトが斑模様に水を吸っていた。雨が降り出したのだ。

途端にカバンに入れていたスマホが鳴った。叔母さんからの電話だった。僕は何かあったのかと思いながら電話を取った。

「翼、今どこにいる？」

叔母さんは切羽詰まったような声で尋ねてきた。

「今下関にいるよ」

「そう、なら今すぐ学校に戻れる？」

「急だね。何かあったの？」

「それが学校から連絡があったんだけど」

学校に提出した緊急連絡先には叔母の携帯電話を登録していたことを思い出す。

「あんたの学校の先生が」

「先生？」

「先生が、火事に巻き込まれたらしいの」

僕は耳を疑った。火事。疑問符が頭の中を埋め尽くして、何を言葉にすればいいのか分からなくなった。

「先生って」

「あんたの担任の野口先生」

野口先生。一瞬そんな名前の先生なんかいたっけかなと首を傾げたがすぐに誰か思い出した。

「樹が？」

とりあえず駅に戻ろうと狼狽えた末に先日秋吉と歩いた道に出ていた。道の先に樹先生の幻を見た気がした。

一年二組

教室にはすでに生徒が席についていた。私も静かに他の生徒に倣った。私の遅刻を誰も咎めることはない。先生が騒がしく廊下を行き来している。一時限目はとっくに終わりの時刻に差し掛かっているのに、先生が授業に来る様子はない。黒板に書かれた自習という文字。監視のために廊下を歩いている先生。同級生たちはいつもと違う学校の空気感にわけも分からないまま動揺しているようだ。普通一クラスだけが自習なら他のクラスから授業している先生の声が聞こえてくるはずなのに、それが一切ない。誰もが牽制しあうように黙り込んでいる。好奇心が旺盛な者は首を伸ばして他のクラスの様子を確認している。それも若手の先生が歩いているのに気が付くと、その首を元に戻した。他の先生は会議をしているらしい。

異様な雰囲気に誰もが緊張している。全クラスが急遽一斉に授業を中断した。先生が事情を把握しきれない状態で黒板に書いた自習という二文字が歪んでいる。普段なら、生徒たちはその言葉を待ってましたとばかりに大騒ぎするのに、動揺こそすれ、不安げに先生の後ろ姿を目で追っていた。

するとにそれぞれ先生が入っていくのが見えた。この一年二組にも担任の先生が入ってきた。先生は少し落ち着きのない様子でクラスを見渡した。いつもと違って声も上ずっている。欠席者の確認をしてから、事情を話さずに体育館に移動するとだけ伝えた。廊下に他のクラスの面々が並んでいる。明らかにいつもと違う緊張感に当惑する。

誰もが事情を知らないようで、空気も不安で揺れている。けれど彼のいる一年一組だけは教室に残っていた。教室からどうして自分たちだけが残っているのか、また他のクラスだけなぜ移動するのか、理由を探ろうとする視線が廊下側に向けられている。その視線の中から彼の瞳を探そうとしても、すぐに見つけきれない。私たちのクラスの列が歩きだしたので流れに従う他なく、私は諦めて体育館に向かった。

そういえば一組の教卓にいたのは担任ではなくて岩室先生だった。

第二章

一年一組

僕は急いで学校に戻った。私服のまま学校に入るのに躊躇したが、緊急事態だ。職員室で待機していた先生に事情をざっと説明する。授業をサボったこともこのような事態にお目こぼしになった。さすがに私服のままはよくないと、学校からジャージを借りて着用する。上下別人の名前が書かれたジャージだった。目立ってしょうがないが、私服よりはいい。

先生曰く、すでに体育館に生徒たちが集められて、今回の事件の説明がされているとのことだった。しかし一組だけは樹先生の担当クラスで関わりも深いことから先に事情聴取されているらしい。僕は他のクラスメイトたちのいる教室に向かうように言われて、廊下を走った。外の雨脚が強くなっていた。日の光さえ雨雲に吸収されたのか、採光の設計がされているはずの教室が、照明さえ消されて、廃墟に紛れ込んだような気分になる。それも水族館の廃墟だと思うのはさっきまで、水族館の近くにいたからだろう。雨音に包まれている廊下に僕の上靴が床を蹴る音が響いていた。廊下の先に唯一明かりがこぼれている教室がある。それが一年一組だ。教室が見える位置に着くと足音を忍ばせた。壇上では岩室先生が四十がらみの見知らぬ男性を一人、後ろに侍らせていた。男性は中肉中背の、取り立てて特徴のない容姿だった。その目元は和ませようとしているのか優しげに見えるけれど、その奥で鋭い光を放っている。明らかに教師ではない。母の自殺を思い出す。あそこにいるのは間違いなく刑事だ。

窓からあちらが見えるということは僕もあちらから見えているわけである。男性の目がわずかに鋭くなった。岩室先生が僕に早く教室に入るように手招きする。生徒の数人は振り返って、僕の姿に目を丸くする。その中には秋吉も含まれていた。僕は教室に恐る恐る入る。

「君は？」

「ひゃい。僕は月島翼です」

低く牽制するような声色で、思わずすくみ上る。声が裏返った喉を押さえながら、男性と目を合わそうと見上げるとなぜか雰囲気がますます剣呑になっていく。

「とりあえず席について」

先生に促されて自席に着いた。

「これでこのクラスは全員揃いました」

先生が男性に報告する。男性は鷹揚に頷いて教卓に両手をついた。体が前のめりになって威圧感が増した。

「遅刻者は、欠席予定だった月島君だけ。他にこのクラスで遅刻した人はいないということでよろしかったですね」

上から押さえつけるような圧力が掛っている。先生が代表して首肯した。

「そうです。登校してから皆一緒だったよな」

岩室先生がかばうように生徒を見渡した。

「ええ、そうでしょうね。先ほども皆さんに説明した通り、そもそも警察としても、朝、学校にいる時点で皆さんが今回の事件に関与しているとは考えていません。しかし殺人事故、自殺の全観点から調査が必要だと考えています。そのためにも先生の人柄や事件の背景について知る必要があり、皆さんから事情聴取をさせていただくのです。事情聴取と言っても形式的なものなので気負わないでいただいて結構です」

男性の話からして、僕がこの教室に入る前までに事情の説明がされていたのだ。それを聞いていないので、唯一知っていることは叔母の電話で伝えられた樹先生が火事に巻き込まれたという情報だけだ。先生の容態や火災の発生など詳しい話は聞いてない。すると男性刑事と目が合った。

「そういうわけで、まずは月島君から事情聴取させてもらいたいんだけど」

立ち上がろうとすると入学式と同じで体が固まるように緊張していることに気が付く。

「ちょっと刑事さん、俺からでもいいですか。月島は事情聴取初めてで緊張してるんで」

秋吉がさっと手を挙げるが刑事は鋭い視線でそれを射抜いた。

「なんかすんません」

空気を察してかひょこっと頭を下げる秋吉を見ていると緊張がほぐれていることに気付く。秋吉にはいつも助けられている。

僕は立ち上がった。クラス全員の視線が僕に集中している。ああ、そうか。もし樹先生の事件が放火なら、遅刻した僕に疑いが掛るのだろう。アリバイがあっても信じてもらえないかもしれない。今日に限って遅刻してしまった僕が怪しいのは当たり前だ。それに刑事の反応を見ても、僕を重要参考人のように考えているのが分かった。秋吉は心配そうな表情を浮かべていた。僕はいい友人を持ったと微笑み返す。秋吉は満面の笑みで親指を立てて送り出してくれた。

秋吉のおかげでほぐれたとはいえ、緊張でぎこちなくなりながら、岩室先生と僕と刑事の三人が教室を出る。

「もしかしてこの学校の全員に話を聞いているんですか」

何とか口を開いた。

「まさか。関係が深そうな人たちだけだね。先に来ていた刑事たちは先生方にお話を伺っているから。後は先生が受け持っているクラス。部活動など。幸い野口さんは去年から先生をなさっているので、そこまで交友関係は広いわけではないから聞けるところは聞いていこうかと。まあ、このクラスには個別に話を聞かせてもらうことになりそうだけれどもね」

岩室先生は廊下に出たところで立ち止まり、窓越しに教室内の様子に気を配った。そして突き当りにある部屋で事情聴取をするように促す。昨日、宮園と樹先生が話し込んでいたあの部屋だった。僕は刑事とともにその部屋に入った。刑事にドアを閉められて、閉じ込められたように錯覚する。先生たちはそんなことをしないので余計に不安になる。

「ええと、そこにかけて」

椅子をすすめられた。刑事は僕の正面に机と椅子を置いて手帳を広げた。椅子に座った刑事は頬を持ち上げるようにして笑った。

「いや、初っ端からすまなかったね」

「いえ」

落ち着かない。目をそらしたくなるけれど、それは相手の思うつぼのような気がして、まっすぐ見返す。別にやましいことは何一つしていないのだから。

「君は途中から来て事情を知らないだろうから、簡単に自己紹介から始めよう。私は下関市西警察署の藤堂だ。今日学校に来たのは、と。それは聞いているかな」

あくまでもこちらに渡す情報を最低限にしたいらしい。しらばっくれるにしても、僕は叔母伝てに樹先生が火災に巻き込まれたことを知っているので、ぼろを出しかねない。知っているものは知っていると言うしかない。

「樹先生が火災に巻き込まれたからですね。叔母から電話がありました。先生は大丈夫なんでしょうか」

「現段階では何とも言えない」

答える気はないようで、笑みに狡猾さを滲ませながら机の上で手を組んで椅子に深く腰掛けた。

「大変なことになってしまったね」

僕が何も言わないと判断したのか藤堂刑事は世間話でもするかのように切り出した。困ったように眉を垂らして苦笑いであるがその目の奥で僕を冷ややかに見ている。さっきまで覗かせていた鋭い瞳は潜められている。僕は警戒した。藤堂刑事は顎を引くと穏やかな声色で用件を切り出した。

「先ほど話をした通り、実は何も分かっていないんだ。事故なのか事件なのか。被害者に直接話を聞ければいいんだけど、こんな状況だからね。他の人に聞いて回る他ないんだよ」

刑事はまいったと頭を掻いた。僕が心を開くようにひょうきん者の演技をしているのだと直感的に思う。

「先生に何か変わった様子はなかったかい？」

藤堂刑事の眼が鋭くなる。

「いえ、特になかったと思います」

「即答だな」

藤堂刑事が口角を上げる。僕はシマッタと唇を噛む。やはり警察はこれを単なる事故だと思っていない。一つ呼吸をおいて話を続ける。

「刑事さんに呼び出されるのは知っていましたから。先ほど電車に乗って学校に来るまでに考えていたんです。先生の最近の様子を。ですがそもそも僕は先生のことをあまり知りません。担任の先生だということくらい。同じ教室であるからと言っても、他の人のことを知っているのかと言われれば分からないんです。生徒からは確かに慕われているとは思いますが、特にそれ以上に思っていることはありません」

「そうか。ところで、君は学校にくるまでどこにいたんだい？」

「朝、僕はいつも通り起きました。けれど学校に行く気力が湧かなくて叔父と叔母に話して学校を休ませてもらうことにしました。家を出たのは九時十分頃です。そこから駅に向かいました。下関か、角島のどっちかに行こうと思って。駅に着いたのは九時三十分です」

最寄り駅の説明をすると刑事は顎を触って考えている仕草をした。

「その話が本当なら、事件に関与はしていないね」

「先生の家が発火したのはいつ頃なんですか」

「それが言えるわけがないだろう。それに詳しくまだ調べ切れていないしね」

「ですよね」

僕が駅に着いた頃にバス停にいた宮園のアリバイはどうなるのだろう。

「ああ、君の証言の裏付けをしないといけないのだけど、誰か知り合いに会わなかったかな」

アリバイ調べって本当にするんだと頭の奥からそんなしょうもない感想が飛び出ていく。僕の身の上に起きた出来事ではないかのように。映画やドラマでも見ているかのような気さえする。現実に起こった出来事なのか。働かない頭で藤堂刑事の言葉を反芻する。誰か知り合いに会わなかったか。その誰かはすぐに浮かんできたが果たして警察に話していいものか。しかし躊躇いは一瞬だった。

「そういえば駅のロータリーに停まっていたバスに隣のクラスの女子が乗っていました」

藤堂刑事は手帳にメモをしている。その手元を見ながら頭の中で宮園についてどう説明するか組み立てていく。僕は人差し指で頬を掻いた。宮園の行動について警察が違和感さえも持ってほしくない。しかし先ほど藤堂刑事が漏らしていた通り、いつものように授業に参加している生徒たちのアリバイは確保されているのだ。まさか学校の生徒全員が犯人と考えるのは現実的ではない。全員が全員、先生を殺したいと思うほど強い感情を持って一致団結できるはずがないからだ。集団催眠などが仮に可能だとしても、そんな手間暇をかけるくらいなら一人で夜に紛れて殺した方が良い。何か細工をするのならまだしも、当然犯行に出かけるのならアリバイは成立しなくなる。

一人で殺すにしたって、大勢の生徒たちのアリバイがあって自分にはアリバイがない状態で殺人を犯すなんて自分が犯人だと言っているようなものだ。当然、犯行のために先生が生徒を疑っているわけではないのか。常識の通用する犯人なら、自分が疑われやすくなる状況で犯行を犯すとは考えられない。そう考えると今日起きた事件の犯人は学校の生徒ではないはずだ。

しかし警察はそう考えられないはずである。全て調べて懸念材料を消しておかなければ裁判で崩れてしまうからだ。衝動的に犯行に至ったと解釈できる。あやふやな論理よりも証拠を重んじるのは明白だ。

だから本来なら宮園を見かけたことは話したくはなかった。それを警察に言ってしまうと宮園にもアリバイがない可能性が出てくる。犯行時刻がいつなのか教えてくれないので分からないが、少なくとも僕と同じように今日に限っていつもと違う行動をしているということは、警察にとっても心証がよくない。かといって黙っておいたとしても警察はすぐに宮園の遅刻を調べ上げる。というかとっくに調べているかもしれない。出欠の結果を先生たちから聞きだせばいいのだから。宮園が遅刻していると知れば警察はすぐに宮園の足取りをたどるだろう。防犯カメラが普及しているのでそれらを利用すれば、おそらくすぐに疑いは晴れるはずだ。しかし、そうならなかった時のことも考えなければならない。蛇足になっても構わないから証拠を提示した。宮園の疑いが晴れるなら、僕は犯人になっても構わない。

「その子の名前は分かるかい？」

「ええ。一年二組の宮園小春さんです」

手帳に書き込む藤堂刑事の眉が痙攣したように蠢いた。

「そういえば何か部活動をしているのかな」

「宮園ですか。いえ、していないはずですよ」

「いや、宮園さんじゃなくて、君のほうだよ」

「僕は何もしていません。帰宅部です」

「そうか。そういえばなんでその子の名前を知っているの」

人生で今日ほど緊張している日はないと思う。藤堂刑事の見透かそうとする目が怖い。

言葉に詰まった僕をあざ笑うように藤堂刑事はペンを指揮棒のように振った。

「だって君たちまだ入学して一か月くらいしかたっていないよね。自分のクラスメイトさえ覚えていないだろうに。関わりのない隣のクラスの女子の名前を知っているのはおかしい気がして。それが元々中学校が一緒とかなら分かるんだけど、そうじゃないんでしょ」

「それは、僕と宮園は小学生の時、一緒だったからです。僕は不本意だったけど小学校一年の時に別れてしまって。鳥居美晴と言えば警察の方なら分かるんじゃないですかね。それとも事件が多すぎて覚えていられないですかね」

「いや、覚えているよ。あの焼身自殺の」

「ええ」

警察は事件について知っている。全ての情報を明かさなくても分かっているはずだ。微笑んだ。藤堂の眉が上がる。頷く僕を見て藤堂刑事は胸ポケットからジップ付きの小袋を取り出した。よく見るとグミだ。オレンジ味だろう。橙色の半透明のグミを太い指で慎重に一つつまむと藤堂刑事はそれを素早く口に放り込んだ。

「いる？」

藤堂刑事は首を傾げた。しかし僕が答えるより先に
「あ、ごめん。君にはあげられないんだ」などとのたまった。じゃあ聞くなよと僕はむすっと唇を尖らせる。あからさまな嫌がらせである。

「ところで、宮園さんも遅刻していたのか」

僕はそうですねと頷いた。藤堂刑事は目を細めた。まだグミが口に残っていたのかもごもごと顎が動いている。それどころか口許には笑みを浮かべてさえいる。グミがおいしいからではなさそうだ。僕の表情を確かめるように身を乗り出した。僕は何か間違えたのだろうか。視線が泳ぎそうになるのをぎゅっと眉間に力を込めて我慢して刑事と向かい合う。

「朝、君と宮園さんの両方が学校を遅刻したの」

心臓を握られるような感覚がした。僕は無意識に自分の腕を強く掴んだ。二人が遅刻したことは事実である。調べればすぐ判明することで、僕にできることと言えば、その事実に対するイメージを少しでも心証がよくなるように変えることだ。覚悟は決めた。

「そうですね」

「彼女は遅刻しがちなの？」

そんなことはない。まだ入学して一か月くらいしかたっていないとはいえ一度も遅刻していない。宮園が疑われるようなことがあってはならない。宮園は昨日先生に呼び出されていたがそれは不自然なことだった。宮園は二組の人間で、樹先生と直接的な関わりはないはずだから。なぜ二人きりでしかも部屋まで用意して、何の話をしていたのか。そしてその直後のこの事件。繋がりがあるのか思いつかない。けれど客観的に見れば宮園が怪しすぎる。警察も宮園について探るだろう。ならば、僕の独りよがりで構わない。疑われる側に宮園を引きずり込んではならない。

だから僕は口角を犬歯が見えるほど上げて首を傾けた。宮園がなぜ今日に限って遅刻したのか、その真意を僕は知らない。けれどどうにかして疑われないように言い訳を作ることができればそれでいい。そのために僕はどんな汚れ役でも受け入れよう。

「いいえそんなことはありません。ただ、原因は僕にあると思うんです」

藤堂刑事が椅子に座り直して、姿勢を正す。

「実はさっきは言えなかったんですが、昨日、宮園に泣かれてしまって」

藤堂刑事の眼がまた鋭くなる。蛇に睨まれているようだ。僕は膝の上のこぶしをぎゅっと握った。巻き込んだジャージのズボンがすれてジュッと音を立てたが気にしている場合ではなかった。

「どうして、泣かせたの？」

「それを言う必要があるんですか？」

「そうだねえ。今日に事件があったわけでなければ、それでよかったけれど」

「まあ、隠すことでもないんですが。さっき言った通り、僕たちは小学校の時、いや、幼稚園の時から一緒にいた幼馴染だったんです。僕の母親の自殺さえなければそのまま一緒に今まで過ごしたと思うんですけどあの一件のせいで、別れざるを得なくて。それで昨日、僕は宮園と一緒に帰りがてら、これまでの思いを伝えたんです」

伝えられたのは僕だったけど。目撃者は公園にいた子どもたちだ。子どもたちが僕らの会話を一言一句覚えているとは思えない。宮園が泣いていたという証言だけするはずだ。

「ほう」

刑事さんも大変だよなと同情する。高校生の恋愛話を聞かなければならなくなるなんて。興味もないだろうに。

「それで、僕は彼女を泣かせてしまいました」

藤堂刑事は目を丸くした。

「近づくなって言われちゃいました」

僕は全く傷ついていないように続けて笑った。

「なんというか、まあ、ご愁傷さまというか」

藤堂刑事は目を伏せてごにょごにょと言葉尻を濁す。

「僕らはなんだかんだ言って相思相愛なんですよ。宮園は嫌よ嫌よも好きのうちで、僕のことを知っているんです。今日の朝だって僕の気を引くために多分、逃げたんでしょうね」

腕をヌルっと顔の前で組んでそこに頬をつけた。視線は物憂げに机の角に向けた。藤堂刑事は僕の横顔をじっと見つめているのを感じる。多分引いている。間違いなく僕の言動を理解できなくて、僕を怪物を見るような、奇異へ向ける目をしているだろう。

「僕は宮園と同じバスに乗っていましたから、宮園は追いかけてほしくて、そうしたんだと思います」

「それなら、遅刻じゃなくても便を一本早めに行けばいいだろう？」

僕らがいつも乗る便は、学校に遅刻ギリギリに到着するバスの二本前になる。僕らの便の次はギリギリのスリルを回避したい生徒が多く、窮屈で嫌厭《けんえん》している。ちなみに遅刻ギリギリの便は教室に駆け込まなければ間に合わない。その割に一般の乗客も多い。ただ、僕らの使う便より早いものは、途端に乗客が少なくなる。ここで僕と一緒になってしまえば、逃げようがない。学校に着いても人はまばらだった。

僕が宮園に一方的に話しかけていることは周知の事実。それに正確な位置は知らないとはいえ、家が近所にあるので同じバスに乗り込むことも多々あった。だから、僕が一方的に宮園にしつこく接近しているようにも見ることができるのだ。僕は宮園に付きまとっていた。だから宮園はいつもより早いバスだと一対一になりかねず、僕から逃げられないのでいつもより遅いバスに乗る他なかった。遅いバスは、人がいっぱいで乗れなかったから遅刻せざるを得なかった。咄嗟《とっさ》に思い付いたのにしてはいい筋書きだ。けれど、これを僕が藤堂刑事に正面切って伝えることはできない。向こうが察してくれないと、自ら付きまといをしておりますと申し出るストーカーはいないだろう。お客さんが少なかったから、僕と遭遇するのは怖かったんですかねなんて言えない。

「早い時間のバスなら。お客さんも少なくて、デートみたいになってたんですけどね」

自分で言っておいて鳥肌が立った。

「君はなぜ早く家を出なかったの？」

事実は変容しない。客観的に調べる方法があるから、捻じ曲げることはできない。しかし僕らの解釈や理由付けで事実の見方をいくらでも変えることができる。

「実は叔母に止められていたんです。叔母に話を聞いていただいても構いませんよ。けれど叔母はそのことを話さないと思います。それに僕が九時十分ごろに家を出たのは嘘ではないのですから。その過程を隠していたとしても、後ろめたくはない。ましてや甥っ子の犯罪を隠匿しているわけでもないので、その事実を隠しても痛くもかゆくもないはずです。だから何もなかったように言い続けると思います」

藤堂刑事はじっと僕を見つめていたが、視線をそらして笑った。

「それならなぜ九時十分頃に家を出られたの」

「学校に行く時間ではなくなったからです」

「遅刻してでも学校に行く可能性はあったよね」

「それは僕が行かないと言ったからです」

「その言葉をそっくりそのまま信じたと言うのかい？　君の育て親はずいぶん君に甘いんだね」

「ええ、僕はいい子ですから」

だんだん追い詰められている気がする。二人向かい合って笑みを深める。自分でも苦しい言い訳だと内心ビクビクしている。

「まあ、百歩譲って君の話が嘘でないとする。けれど、君は矛盾に気が付いている？」

じっと手に汗が浮かんだ。悟られてはならない。この動揺と不安は藤堂刑事に見せてはいけない。コンマ一秒でも表情の筋肉に気を抜いてはいけない。かといって手や足の仕草で真意を探られることもある。呼吸は浅く、全身が緊張している。無意識に出る行動でさえ意識で支配しなければならない。

「そんなもの、ありませんが？」

藤堂刑事は僕の反応を見て笑みを深めた。

「君は宮園さんを待ち伏せしようとしていたが、叔母さんに止められて、家を出られなかったんだろ」

「そうです」

何を間違えた。藤堂刑事の笑みは何を意味しているのか。嫌な予感が急速に胸に広がっていく。僕は笑みを崩さずに藤堂刑事を見つめた。

「じゃあなんで家を出た後、宮園さんを追いかけなかったんだ？　バスが走っていったとしても次の便で追いかけることもできたろう？　君は待ち伏せするほど宮園さんに執心しているのに、バスを見送った後は意外にもあっさりしているね」

馬鹿だ。僕は本当に馬鹿だ。圧倒的な矛盾だ。なんで気付かないまま話を進めてしまったのだろう。今更悔やんでも仕方がない。むしろ言い訳を考えなければならない。瞬間的に切り替えようとするのに頭に何かが引っ掛かったみたいに動かない。馬鹿だ。自嘲が漏れそうになる。宮園のことばかり考えていて、自分の視点で考えていなかった。しかし、藤堂刑事はこの証言を突破口に考えているのではないかという可能性が頭をよぎる。逆にここを守りきれば反撃されないのではないか。

「バスが出て行って諦めたんです。たまにはそういう心境の変化もあるでしょう？」

藤堂刑事は苦しいねと笑う。僕は負けじと、それが事実ですからとさわやかに流す。

「理解しがたくとも、それが本当なんです。そういうことはよくありますよね？　刑事さんなら分かりますよね」

「そうだね。分かるよ。つまり君はバスを見送らなかった場合、付きまとっていたわけだ」

嫌な言い方をするなと思いつつ、その方が納得してくれるならそれでいいと思ってしまった。きっと藤堂刑事の作戦は僕を怒らせること。僕を感情的にさせて、ぼろを出させようとそういう作戦なのだ。だからその手には乗らない。僕は素直に首肯した。

「付きまとうなんて言い方悪いですね。ただ昨日のことを謝りたかったんですよ。多分告白の場所が気に食わなかったんでしょうね。宮園はロマンチストなところがありますから」

「そうだよな。逆に言い換えると君は家を出る前までは学校についていく予定だったんじゃないかい？」

「え、ええ」

藤堂刑事は目を光らせた。脳内で警報が流れる。何を間違えた。どこに矛盾があった。

「それならそのジャージ、君のじゃないよね。それを借りたのはなぜだ。宮園さんと接近することを避けるために家を出ることを止められたのなら、君は学校に行く予定だったんじゃないか。制服を着ていないのはなぜ？」

ジャージの刺繍は僕と別人の名前だ。しかもズボンも同じく、そして上着と違う人の名前である。気付かない方がおかしい。

「制服を着たら叔母に止められるじゃないですか」

乾いてくっつく口をこじ開けてなんとか言い訳をする。

「鞄にでも、制服を入れておけばいいだろ？　学校に行くつもりだったのなら」

言い訳が浮かばなかった。

「どうして黙り込んでしまったんだい？　もう、君の茶番に付き合いきれないよ」

黙り込んだ僕に追い打ちをかけるように言葉を重ねる。僕の負けだ。さすがに警察官はプロである。苦し紛れに最後の抵抗に出る。

「それは、叔母に制服を隠されてしまったからで」

「その徹底ぶりの割に簡単に監視をほどくとは思えないんだよ。もうやめなさい。君が嘘を吐くのは、宮園さんのためか？」

「いいえ。違います」

藤堂さんは半ば呆れながら笑った。

「もう分かったから。やめなさい。君が宮園さんをかばえばかばうほど、怪しく見えてくるよ」

「すみません」

項垂れる他なかった。悔しい。宮園のための証言だったのに、宮園の心証を悪くしてしまった。無力さに打ちひしがれる。

「君、自分の立場分かってる？」

「ええ、けれど先ほどおっしゃっていたじゃないですか。事故か事件か分からないって」

「そうだね。でも警察は、事件性を考慮して捜査している。つまりどういうことか分かるね」

「事件であれば第一に僕が疑われるってことですね。けれど僕はもちろん先生に危害を与えていませんし、与える理由もありません。宮園だって絶対ありえないし、それに動機もありません」

頭の中で誰かが本当にと唇を歪めて笑っている。僕はそれに気が付かないフリをした。

「そうとは言うが、君。動機はそこまで重要じゃないんだよ。もちろん警察として調べなければならないけれど、トラブルなんていろいろあるんだから、それらしい理由をくっつけてそれが動機だと言い張ればいいんだ。要は裁判所で裁判官が納得できる動機があればいいだけのこと、よくもまあ、あんなに長いこと嘘をついたねえ」

呆れとも称賛ともつかない言葉を吐きながら背もたれに体を預けた。

「君の献身は理解した。宮園さんをかばいたいのは分かったよ。まあ、君の言う通りならバスの乗車記録とか調べれば宮園さんのアリバイは証明されるだろうから安心しな」

「そうですよね」

肩から力が抜けた。

「ああ、それに警察は宮園さんを疑っていない。疑われているのは君だよ。月島翼君。実はね、先生が病院に運ばれる直前にツキシマツバサと叫んでいたらしいんだ。同じ名前の人物は他にいないだろ？」

言葉をなくす。かわりに頭の中は疑問符で一杯になった。先生はなぜ僕の名前を呼んだのか。もちろん僕は犯人ではない。犯人が僕に似ているのか。それとも事件自体が僕に関係しているのか。

「残念ながら、僕は犯人ではありません」

「そうだね。ただ、君は鳥居先生の息子さんだろ」

「なんで、その話を蒸し返すんですか。どちらにせよ、その事件は解決してますし、当時、僕は親戚のところにいて、アリバイがあります」

「だがそう思っているのは君だけかもしれない。だって、手段が一緒なんだよ」

僕は黙り込んでしまった。母は首を締めても死にきれず、最終的に焼身自殺したとされている。樹先生も火に巻かれている。今まで考えないようにしていた疑問が僕の首に手を回して、耳元で囁いた。本当に自殺だったのかな。

心に蓋をして閉じ込めていた声が爆発する。母はこれから一緒に生きようと僕の手を取ってくれたじゃないか。なのに死んでしまうなんて。自殺するなんて。

「まあ俺個人としては君は犯人じゃないなと思うがね」

藤堂さんの声で現実に引き戻された。

「なんで信用できるんですか」

「なんとなくかな」

「それって刑事としてどうなんですか」

「君に心配されることじゃないよ。まあ君は今度から警察相手に嘘をつかないことだね。蛇足だよ」

「すみません」

「君はもう少し警察を信用したほうがいい」

「そうですね」

多分警察を信用できないのはあの事件の後、何度も話を聞かれたからだろう。本当に家にはいなかったのかとか、お母さんに変わった様子はなかったのかとか。父の事故があったので、自殺だと周囲は信じて疑わなかった。僕と母の誓い合った記憶もなかったことにされてしまった。それが一種のトラウマになっていたとしてもおかしくはない。

「すみませんご迷惑をおかけしました」

「いいよ」

藤堂刑事はそう言うと気軽に手をヒラヒラと振った。先程までの鋭さは微塵も感じさせなかった。悪い人ではないようだ。

僕の事情聴取が終わって教室に戻り待機していた。次々生徒が呼び出されていくなか僕はじっとしていた。一人一人の取り調べに掛る時間が僕のよりはるかに短い。僕が長々と話したせいでもあるけど、他の生徒には簡単に先生の人となりなどを聞いているのだろう。先生の笑みが浮かぶ。樹先生がなぜ火災に巻き込まれたのか分からない。事故ならまだ納得できるが、でも僕の名前を呼んでいたというのは、何の理由があるのだろう。まさか、母の自殺と今回の事件に繋がりがあるのだろうか。

考えがまとまらない。秋吉が振り返っている。僕が笑みを返すと、秋吉の眉間にしわが寄った。とにかく今は何も考えられない。何も分からない僕は目をつむることを選んだ。

数名の事情聴取を終えて、部屋を出ていく少年の背中に乗っているものを思い出し、藤堂は静かに息をついた。高校生が背負うもんじゃない。藤堂の高校生の頃と比べても、月島の方が格段にしっかりしている。本人は全く認識していない焦燥が透けて見えて痛々しい。

藤堂は頬杖をついた。

野口樹が名前を呼んでいた月島翼が重要参考人であることは間違いない。癖のように口に運んでいるグミをまた一つ口に放り込んで噛み潰す。奥歯と奥歯の隙間でぶつぶつと潰れていく感覚がたまらない。つぶれた破片が舌の上で溶けて柑橘の匂いが鼻腔に広がっていく。昔からこの感覚が癖だ。

「さっきの彼、先生に名前を呼ばれていた月島翼を見ました」行沢が部屋に入ってきた。

「ああ。そうか」

藤堂は月島が座っていた場所を焦点をただ眺める。月島の瞳が藤堂を責め立てている。月島を見ていると胸の奥にしまうしかなかった後悔や罪悪感があぶりだされる。藤堂は頭を抱える。

「普通の高校生って感じでしたね」

「まあな」

「なぜ被害者はあの少年の名前を呼んだのでしょう」

「さあな。でも、あの少年は鳥居先生の息子さんだ。そして鳥居先生は被害者の恩師でもある」

手帳をしまう。月島が鳥居美晴の事件について口にした瞬間を思い出す。事情聴取の際、終始わざとらしいアルカイックスマイルを保っていた。その笑みが痛々しかった。少年の中で時間が動いていない部分が見えた気がした。

「鳥居先生の自殺と今回の事件と関係があるのかもしれないな」

行沢は月島翼の後ろ姿を探していた。もうとっくに教室についているだろうに。しかし藤堂はそれを笑えなかった。藤堂も同じだった。まだ言いたいことがあった。けれどそれは胸の奥で言葉の形をとらずに喉奥に引っ掛った。

「すみません。鳥居先生ってどなたですか。先生の事件ってどんな事件なんですか」

「ああ、そうだよな」

藤堂は顎を撫でた。そして当時の捜査をぽつりぽつりと話し始めた。

鳥居美晴は高校の教師だった。口数は多くない先生だったが気遣いができて、生徒には人気の先生だったようだ。彼女はずっと実家で母親と暮らしていた。転機が訪れたのは、翼の父親、敏行と出会ってからだった。敏行は美晴と出会う一年前に妻と離婚している。理由は妻の浮気だった。当時幼い翼と二人で暮らしていた。そして、敏行は美晴と出会う。二人は徐々に距離を詰めていった。しかし結婚までに時間が掛った。

「え。何が嫌だったんですかね」

「お前みたいにとっかえひっかえしているわけじゃないから慎重なんだろ」

「ひでえ」

「まあ、冗談はさておき、彼女の場合、先天的な身体の異常があったからな。それもあって、本当にあの男に嫁いでいいのか、かなり迷ったようだ。結婚を拒んだんだろ。結婚を決めた後も、書類を作成したり、家庭裁判所に保留のまま出していた戸籍に追完届を出したり云々、結婚には必要だったからな。忙しかったんだよ」

「先天的な異常？」

「ああ、何だったかな。胎内での分化の異常といったところか。俺も詳しく知らないんだ。うまく説明できる気がしないし。後で捜査資料読んどけ」

「そんなこと言って、藤堂さん分かってないんじゃないですか」

調子に乗る行沢の腹部に軽く肘を入れてやる。

「ああ。月島のアリバイの裏を取りにいく」

もだえているのを横目に宣言すると、苦しそうにしながらも反駁をしてくる。

「月島翼と被害者が呼んでいただけで、犯人と決めつけるんですか」

「いや、そういうわけじゃない」

藤堂は短く答えた。瞼に力を込めて眼球を閉じ込めるように目を閉じる。

「ではなぜ彼を重要視するんでしょう。確かに気になる部分は多いですが、その感じだとアリバイがあるんですよね」

「ああ、まだ調べてないからはっきり言えんがな。俺としてはあの月島少年はシロだ。だから疑いを晴らしてやりたいんだ」

行沢は藤堂の顔を、真意を測るように正面にとらえた。

「珍しいですね。疑いを晴らしてやりたいなんて」

「そんなこともないと思うが」

「じゃあなんで固執するんですか」

行沢はふざけたにやにや顔を寄せてきた。初見では確実に無口で真面目の朴念仁だと思うだろうが、この男、実は茶目っ気たっぷりの三枚目だ。

「そういうわけじゃないが。ところで行沢は二組の担当だったな。宮園という女子生徒は聴取したか」

今回の事件は何かが違うのだ。

「ええ、しましたよ。遅刻したって言うんで念の為。それ、おいしいですか」

「あ、ああ」

藤堂は呆れて半目になって行沢に袋ごとグミを投げてやった。行沢はほくほくした顔で受け取った。あと数粒しか残っていなかったが、もらえるものは何でも喜べというのが行沢一家の家訓らしい。口に数粒まとめて放り込んだ。行沢の辞書に遠慮の文字はなさそうだ。

「特に変わった様子はなかったです。アリバイも調べればすぐ裏取りできる様子でしたし」

もちゃもちゃ噛みながら。

「そういえば、課長からさっき連絡が入ってましたよ」などとのたまった。

「ばかやろ。それを早く言え」

藤堂は慌てながら電話を取り折り返した。

一年二組

体育館では事情を知らない生徒たちが噂話を始めていた。声が幾重にも重なって形が曖昧になっている。そんな中で、校長が壇上に立った。いつもなら、なかなか訪れない静寂も今日はすぐに訪れた。誰もが校長の様子に注視して、言葉を待っている。体育館を囲んでいるのは体格のいい大人だ。知らない人たちがたくさんいる状況が物々しい雰囲気を生んでいる。生徒の列の中、紛れるように様子を伺うことにした。きょろきょろ見回すと体育館で見張るようにして立っていた体育教師に無言で睨まれた。

「えー。まずはおはようございます。急遽ここに集まってもらったのは、今朝起きたことについて話さなければならないからです。落ち着いて聞いてください」

校長のしわがれた声がマイクで拡散されていく。尋常ではない様子にざわめく。しかし校長は話を続ける。自然にざわめきが消えた。冷えた空気で満ちた体育館に校長の声だけが響く。校長は簡潔に事件ついての説明をした。気遣わし気に行われた説明に残酷な現実は隠しきれていなかった。しんと静まり返った体育館の中で囁きさえ生まれなかった。

先生の住む家から火が出ているのを、近隣の住民が発見し通報した。火の中で発見された先生は搬送された病院で死亡が確認された。かなり痛みがひどく、遺体の歯形から本人と断定できたと言う。その声に再び静かな動揺が走る。校長は説明を終えると、まだ状況を呑み込めていない生徒を置き去りにして警察官の紹介をした。私は警察の顔を覚えた。これから敵対する相手だからだ。ざわめきは時間がたつほど強くなっていく。

体育館での説明が終わると生徒たちは教室に戻るよう、指示された。ぞろぞろと体育館を出ていく様は葬式の参列のようだった。私たちが教室に戻ると同時に刑事も教室に無遠慮に入ってきた。壇上に立った刑事はまるでバスジャック犯のようで、先程の緊急集会での校長の説明よりもより簡潔に話をした。先生と関わりがあった生徒をピックアップして事情聴取が始まった。それも終わって今は隣のクラスの事情聴取が終わるのを、口を閉ざして待った。俯いている女子は声を殺して泣いているのだろう。隣の席に座る女子が背中をさすりながら同じように俯き、肩を震わせていた。私はその様子を遠巻きに見ていた。隣の聴取が終わり次第、集団下校になる予定だ。それまでの待機時間が長い。時計の秒針は立ち止まっては、思い出したように動いていた。開けた窓から木漏れ日が落ちて、眠気を誘う穏やかな陽気に包まれている。場違いなほど優しい日の光が恨めしい。この数分で何度あくびを噛み殺しただろう。

私も先生に先日呼び出されていたので、話を聞かれることになったが、踏み込んだ話をするわけでもなく儀式的なものを感じた。その内容も簡単だった。最近の先生の行動について や、先生の人となりと、被害者である先生が普段どのような生活を送っていたのか知りたいのだろう。私は知りうること全てを話した。とはいっても所詮は隣のクラスの担任であるということくらいだ。先生の授業は取っていないし部活動にも参加していないので私と先生の接点はほぼ皆無である。

「最近、先生に変わった様子はなかった？」

「いいえ。特には」

「この前、君たちが話しているのを見たと言う人がいるんだが」

思わず鼻にしわが寄りそうになるのをこらえた。刑事が言っているのは私と先生の話し合いのことだろう。

「その時も普通でした。何かあったんですか」

「いや、そういうわけではないんだけどね」

一歩踏み込めばすぐに引き返される。これじゃ暖簾に腕押しもいいところである。刑事は尋問に飽きたのか机の下からグミの袋を取り出して、一粒食べた。

「いる？」

「いいえ、グミとか飴とか苦手なんです」

「珍しいね。そんな子いるんだ」

刑事は目を丸くした。自分の好きなものは皆好きだと思っているのか。

「キャラメルは好きなんですけどね」

皮肉混じりにぼやく私に刑事はため息をついた。

「もういいよ、教室に戻って」

刑事は教室の出入り口へ促してくる。立ち上がろうと足に力を入れた時に、刑事が飛び込んできた。新情報だろうか。かなり焦ったような表情だった。

「すみません。解剖の途中結果が出ました」

飛び込んできた刑事は私の方を見つめながら、何か言いたげに口を開閉している。ここにいてはいけないのだと従順なふりをしてそそくさと部屋を出る。ドアを閉めた途端に大きすぎる刑事の声が外まで聞こえてきた。

「現場で発見された死体ですが、外見から性別の判断さえつかない具合でしたが、解剖の結果、男性だと判明しました。今、ＤＮＡ検査を待っています」

「歯形から被害者は先生と断定していたよな」

二人の刑事はドアの小窓越しに私の視線に気が付いたのか声を落とした。私は目礼し、その後教室に戻った。

待機時間が長い。教室、いや、学校全体が息をする音さえもはばかるほどの静寂で包まれていた。誰もが息をひそめて伏せた顔で様子を伺っている。時折忍び泣く声がするほどで、これじゃ岩の下に隠れている小魚のほうがまだ堂々とした顔をしている。

緊張を破るように慌てた様子の若い刑事が廊下を走っていった。退屈の中、唯一の刺激であるその刑事の行動に、何かあったのかなと思い、一瞬興味をそそられたが、その興味もすぐに身じろぎさえも許されない静けさに埋もれていった。どうせ考えたって答え合わせできるわけでもない。事情聴取の時に刑事が何も教えてくれなかったように、私達が聞いても何も答えてはくれないだろう。刑事は廊下の向こうに走って行った。

諦めたように時計を見上げる。止まっていた時計が人の視線に気が付いて、慌てたように時計の秒針が一秒を刻んだ。

しばらくして二人の刑事が教室に戻ってきた。さっき私の事情聴取してきた刑事だった。壮年の刑事と若い刑事。確か片方が藤堂という刑事だったと思う。この地域ではあまり聞かない名前なので覚えていた。藤堂刑事が壇上の刑事に耳打ちした。教壇で構えていた刑事は鷹揚に頷いた。二人がそそくさと部屋から出ていく。壇上の刑事が生徒たちを見下ろした。

「隣のクラスの事情聴取も終了しましたので皆さん長い間ここに引き留めてしまいましたが、ご帰宅いただいて結構です。ですが、身の回りには十分注意してください。まだ事件なのか事故なのか決まったわけではありませんから」

誰もがきちんと聞いているのかを確かめるように睥睨したのだ。

「もし殺人だった場合、先生の死亡が先生本人を狙ったものなのか、それともこの学校自体を狙ったものなのか不明です。ですので帰宅しても、どこかに出かけることのないように」

刑事はそう言うと先生と交代した。

「そういうことだ。詳しいことはまた追って連絡する。マスコミには知らぬ存ぜぬを貫くように。マスコミに混じって不審者がいるかもしれない。君たちは騒動の渦中にいる。集団で帰宅して、帰宅後は自宅学習に取り組んでもらいたい。一応現段階で伝えられることは以上だ。緊急で連絡が入るかもしれないから家にいろよ」

先生や刑事は家にいるようにと念押しするけれどとてもじゃないが外に遊びに行けるような雰囲気ではない。生徒たちは釈然としないまま帰宅を命じられた。私以外の生徒は想定外の出来事に言葉を失い、呆然としている。その反応は当然だ。もし殺人なら殺人犯がまだ捕まっていない。近くにいるのかもしれない。そんな不安が見て取れた。けれども、彼らは知らない。私が犯人だということを。隣にいて同化するように震えているのに。

そう思うと優越感で頬が緩みそうになる。

捜査会議を終えて、自販機でコーヒーを買った。ポケットに入れたジップ付きの袋かグミを数粒取り出して咀嚼する。

救急に搬送される直前、担架にかけられたシートが風で捲れた。その時、被害者の顔が見えたが、とても息をしている状況には見えなかった。消防署員が燃え盛る家屋に突入して、助け出した怪我人だったが医師が見るまでもなく、亡くなっているのは明白だった。死亡は医師が診断しなければ、警察が勝手に判断できない。近くの病院に搬送され、医師に診てもらうまでは断定できない。現場の警察官も消防署員も口にはしないが、救急車に収容されていく様を静かに見送った。

事情聴取の終盤に呼び出され、素直に署に戻って、捜査会議に参加していた。その会議も終わって現在、自席で悠長にコーヒーを傾けていた。手元には捜査資料を広げて、うーんと唸る。本来ならば今頃、現場や関係先に聞き込みに回っていた。しかし今ここで背もたれに背中を預けている。無念がどっと胸を押しつぶす。

被害者の身元が断定した。解剖の結果、男性の死体と判明した。さらなる検査で、身元が判定された。思い出すのはＤＮＡ検査のため被害者の母親のもとへ向かったという同僚の話だ。同僚はDNAのサンプルを採取する傍ら、被害者について人となりや生活習慣などの話を聞いていたらしい。

「いやさ、なんか法医学の先生が出生時の記録が必要だからって言うからさ、おふくろさんに母子手帳借りることになったんだけどさ、そこに紙が挟まれてたんだよな」

証拠として撮らせてもらったという写真には一枚の紙が挟まっていた。

「どうしても捨てられなかったんだとさ」

「何これ、名前か？」

「そう。子どもが生まれる前にいろいろ考えるだろ？　生まれてくるまで男女どっちか出生前検査でも分からないっていうから、両方用意して、その中で生まれた子どもに合ったものを選びたいってことらしい。何種類か書いてあるだろう？」

「そうだね」

写真の中に広げられた一枚の紙にはいくつもの名前が書かれていた。男の子なら翼、章、聡介。女の子なら唯、桜、亜希。他にもいくつもの候補が書かれていたが、どのほとんどが斜線で消されていた。吟味して消していったという感じではなくて衝動的に線を引いたようでインクが飛んでいる。その中で残っているのは樹、ひかり、春など数個だった。

「いや、その時は子どもに合う名前を選び抜いた結果なんだろうなと思ったんだけどさ」

同僚の話の先は聞かなくとも理解できた。二人ともしばらく口が開けなかった。

「いやね、今回の事件、知らねーこともいろいろあるんだなって痛感したわ」

同僚はそう言いながらこちらを見ないで手を振った。その背中にも憐憫が張り付いていた。

ふと窓に目を向ける。気が付くと小学生の下校時刻だったようでランドセルを背負った子どもたちが通りを歩いている。被害者には子どもがいたことを思い出す。その子どもは親戚が引き取ってくれるらしい。

机に頬杖を突く。ＤＮＡ検査の結果は歯形から判明していた結果と同じと判明した。また解剖の結果とも矛盾しなかった。それだけでは全ての状況を説明できるものではなかったので追加の解説が法医学の教授の話を聞いてきた捜査員からなされた。

それを思い出しながら手元の書類を眺める。遺体は解剖のため銀色の台に乗せられている。やけどの程度が体の部位により異なっている。皮膚はほとんど損傷していて、中でも損傷がひどいのは頭部および顔、肩、胸元、腹部、足の付け根周辺。腕や太ももも損傷がひどい。死体を裏返した写真も隣に添えられて、背中にも損傷がある。確かにこれでは遺体から男女を見分けることは不可能だ。かぶっていた燃焼促進剤は分析の結果上灯油だった。

やけどの具合が異なっているのは灯油をまいたことが原因なのだ。隣に添えられた灯油の流れをシミュレーションした写真を見る。損傷部位から灯油がどのように流れたのかシミュレーションが加えられている。青い体のコンピューターで合成されたマネキンが正座している。そしてそのまま万歳をするように両腕を上げ、いや、上げた両手は肘を曲げて、何か持っているように見える。頭から灯油をかぶっているのだ。会議室では自分が掛けたのかと声が聞こえた。

藤堂は写真に目を凝らした。灯油が流れなかったのか、かろうじて焼け残った首に引っ掻いたような傷跡が見える。拡大した写真も資料として配られていた。それは首をつった跡だった。顎の下から首の後ろに跡が残っている。それらの傷には生体反応がでているようだった。調べによると新しい傷であると反応している。

会議ではおそらく首をつった後に自分に燃焼促進剤をかけたという判断になった。壇上のお偉いさんは絞死ではないのかと確認するように聞いてきた。

絞死と縊死。どちらも首吊りで使う表現だと警官になる前までは漠然とそう思っていた。

しかし縊死というのが簡単にいうと自分の体重の一部または全部が首に掛って死に至ることで、絞死というのは体重以外の力が掛って死に至ることだ。傷跡の形や骨折も変わってくる。縊死では自殺が多く、絞死では事故や他殺が多く、自殺はまれという。今回の所見では少なくとも絞死ではなかった。それを聞いた係長が壇上で頷いていた。それをきっかけに捜査の風向きが変わっていった。しかし藤堂はそれに逆らうように違和感が大きくなっている。しかしなぜ自分が違和感を持っているのか、その理由を説明できる手札が藤堂にはなかった。遺体の臓器からうっ血が見られ、縊死をしようとした際にできたものではないかということになった。

現場周辺の調査も特に怪しい証言などはでて来なかった。火事の方に意識が持っていかれているようで、一つランドセルを背負った小学生が目撃されたがそれは近所に住む他の子どもと判断された。ランドセルにはカバーが掛かっていて、目撃者もランドセルの色までは分からなかったらしい。

一つ証言が出るたびに自殺説に傾いていった。被害者には子どもがいた。しかし子どもを置いて自殺することも珍しくはない。

灯油の購入経路についても被害者自身が購入しているのがクレジットカードの履歴から

判明した。

「最近寒いですからねえ」

会議室で誰かが同意するような声がこぼれていた。隣の席に座っていた後輩の刑事はのんきにあくびをしていた。自殺が正解なのかもしれない。翼少年は事件と関係がないと判明した。植木田高校の生徒たちも教師である被害者と争っていたような証言は得られなかった。捜査は縮小して続くことになったが、自殺の裏付け捜査になる。藤堂はそこに含まれなかった。上から押さえつけるような口惜しさに身を任せる。そしてあらがうように立ち上がった。心残りは身にまとわりつく。それを冷めてしまったコーヒーで流し込んだ。


事件の発生した日、私は先生の家に向かっていた。薄闇に沈む先生の一軒家の門扉をくぐる。念のため周辺も見回して誰もいないことを確認する。

ドアのチャイムを鳴らす。返答はない。しかし家に誰かがいるのははっきりしている。電気がついているのだ。私はもう一度チャイムを鳴らす。

すると先生が顔を出した。

「わざわざ家にまで訪ねてくるかね」

「他で話せる場所は思い浮かばなかったので」

「そう。今取り込み中なんだけど」

一瞬部屋の中に目を向けた。

「すぐに終わります。私の決心をお話ししたいんです」

「少し待ってて」

先生は逡巡した。部屋に引っ込むと一分も掛らないうちに戻ってきた。

「どうぞ入って」

何の警戒心もなく生徒を部屋に上げる。

「ありがとうございます」

私は笑みを浮かべて、先生の後に続く。部屋に入ってすぐ、線香の匂いがした。廊下の向こうに仏壇があった。先生はリビングに私を通した。そして台所に立ち、茶を用意しているのだろう。食器棚をガチャガチャと探っている。

私はそれを横目に部屋を見渡した。六畳ほどの空間に手前にテレビ、奥にソファを置いて、左手に台所が見える。台所奥に勝手口があるのがみえる。部屋の隅にストーブがあるのが目に入った。最近寒いのでそれがあることは不自然ではない。そういえば玄関の隅に灯油の赤いタンクがあった。

「先生は今日早くお戻りだったんですね」

「え、ああ。そうだね。息子が、熱を出したから」

「え、お子さんいるんですか」

初耳だった。

「え、ああ。まあ」

先生は言葉を濁した。奥の部屋に気をやっているようだ。あそこにいるのだろう。

「先生。やっぱり先生のお考えは変わらないんですね」

「まだ言う？　それにそのほうが君のためになると思うんだけど」

私はその場にあった手ごろな紐を手に取った。子どもの存在は知らなかった。別日にするか。迷いながらも紐を人の頭が通るくらいの輪を作って簡単に結んだ。具体的な計画はしていなかった。手袋は用意しているが、先生の目の前でつけていれば何かと怪しまれる。素手で結んだこの紐をあとで処理をせねばならない。衝動の中で冷静に私を見ている自分の存在を感じている。幸い昔読んだ本のなかに自殺の首吊りと絞殺の違いについて書かれたものがあった。その知識を応用してみる。その一方で頭のなかで流れる声は問いかけてくる。なぜリスクを冒すのか。本で得られた知識だけで殺人ができるはずがないと笑っている。

でもこれは全て彼のためである。

彼の父親を殺した時私は悟った。自分自身が化け物だと。罪悪感なんて全く感じなかった。ゴミ箱にごみを投げ入れたのと同じ。彼の望みを叶えるためなら何でもするつもりだった。こんな自分が異常だと気が付いていた。他者と違う。取り残された感覚だった。けれども溶け込むよう、周囲を観察し模倣した。同化は年々上達して、周囲の人々を騙すのには十分だった。嘘を着飾った凶暴性を秘めた化け物。本当は化け物にならずに生きる方法を考えていた。けれど、何が化け物としての要因なのか分からない。横並びに見比べても私は他の人々と違う。個人としての差ではなく、根本が異なっている。まるで私は別の生き物のような。分かり合えなかった。

お茶を持ってきた先生を見上げて笑う。人を脅迫するような先生も化け物だ。だから殺しても許されるはずだ。いや、それ以前に彼にマイナスの影響を与えるものは排除するべきだ。

彼の前にはこれからも今回のような幸福の破壊因子がついて回るだろう。私はそれを全部取り除きたい。そのために私が警察に捕まっては、意味がない。ならば殺人ではなくて、自殺や事故に見えるようすればいい。殺人であれば、警察は周辺の状況を捜査するはずだ。もちろん事故や自殺だとしても殺人でないことの証明のために警察は周辺の聞き込みや防犯カメラの映像を探す。ただ前提が違うことにより結果が変わりえる。殺害だと知った上での捜査で私がカメラに写っていたら怪しまれるかもしれないが、そうでない時は訝しく思っても、たまたま通ったとも考えてもらえる公算が高くなる。

ないことを確認するのと、あるものを探すのでは熱量も違ってくる。

やはり事故や自殺に見せかけた方がいい。事故なら、階段から突き落とすのが楽だ。しかしその場合、私がこの家にいた痕跡を消しきれない可能性がある。先生の遺体を他の場所に移すことも考えた。しかし大人をろくに運動をしていない女子高生が運べるはずがない。もちろん免許なんか持っていないので車の運転もできない。生きているうちに誘導も可能かもしれないが、うまく操れる自信はない。それに他人に私が誘導したことを悟られるのはやはりまずい。

この家で殺した方がいい。なら、私の痕跡をどのように消せばいいのか。家自体を消せたらいいのに。目をそらしたその先に四角い筐体が目につく。灯油のストーブだ。私がいる痕跡を残したくないのに、手を伸ばしていた。金属製だから触るとひんやり冷たかった。もしかしたら、使えるかもしれない。

「寒いのか」

先生は茶を口にしながら首をかしげる。

「いいえ。そういうわけではないんですが、窓開いてます？　冷たい風が流れているようで」

「そんなはずないと思うけど」

そう言いつつも、先生が立ち上がった。無防備に私に背を向けている。紐を握り直す。息を殺す。先生は立ち上がって、部屋奥にあるドアに向かっていた。チャンスだった。私は少し離れた場所から先生の体より前に紐を飛ばして後ろから首にかけた。輪はあらかじめ大きく広げていた。先生は私より背がほんの少し高い。だから自殺に見せかけるには私に身長が欲しい。当たり前だがすぐに身長は伸びない。音を立てないように素早く距離を詰めて、先生の膝裏に私の膝を押し当てた。すると先生はバランスを崩して、膝下が地面に触れた。私は紐を握って、上に引っ張ってつるす。準備段階で結び目は作っていた。先生は振りほどこうとするけれど気絶する程度に首を絞める。先生は抵抗して暴れたが、膝が地面につかず、手も宙を掻くだけで、中途半端な姿勢で立ち上がることすらできなかった。首に食い込んだ紐を外そうとしているが自分の肉をえぐるだけで意味はない。呻くような声がうるさいのでひやひやしたが、そのまま数分待って先生が気絶した途端手を緩めた。ここで殺しては意味がない。

先生が力なく座り込んだところで私は先生がチラチラと視線を投げていたリビング奥の部屋を覗いた。子ども部屋らしい。おもちゃが転がった中にランドセルが目に入った。ベッドが膨らんでいた。

一旦ストーブのところへ戻った。それだけでは覚束ない気がして廊下を出て、玄関に置いていた灯油タンクのところまで足を延ばす。ほぼ満タンに灯油が入っていた。私はそれを運びながら居間に引き返した。先生は相変わらず気絶している。よく見ると紐の位置が変わっているように思う。ぎょっとして先生を覗き込んだけど、先生は間違いなく気絶していた。狸寝入りではなくてほっとする。おそらく私が蹴散らしたのだ。ほっとしたのもつかの間、急がなければならない。物音がした気がしたのだ。灯油をもったまま子ども部屋を開けた。膨らんだベッドに歩み寄る。既に眠っている子どもを起こしては計画が崩れると思い、灯油をかけた。子どもには悪いが、私が犯人だとばれてしまうと面倒だ。なら一緒に殺してしまわなければならない。

楽しかった。いくつものタスクを攻略していくゲームの感覚だ。しかも手順が狂えば、全てが狂う。時間がない。けれど楽しい。私は小さく歌っていた。そして先生のもとに戻ると周辺にも灯油をかけた。ロープを外して首周りを確認する。鬱血が残っている。同じく顔にもそれが残っている。燃えて消えればそれは何の証拠でもない。私は先生に灯油を持たせて重点的に灯油をかけた。発見当時に全てが灰になっていてくれればいいが、うまくいかないだろう。まず、人体を灰にするには一千度の温度を二時間ほど持たせないといけない。消火活動が行われれば、中途半端に燃えた状態で発見されるだろう。灯油の掛かり方で焼け方が変わっていく。灯油の流れ方で他殺の可能性を見出す人もいるかもしれない。例えば一回頭から被ったのに、両腕にも灯油が掛っていたら、それは自分で掛けたことにはならない。自分で灯油をかけた時、手のひらは頭より高い位置にある。肩、二の腕くらいには掛るが、それより先に灯油が掛っていることはない。こぼれることはあってもどっぷり満遍なくは掛らない。だから自分でやらせる。もちろん気絶しているので灯油の缶を持ち上げる力はないから、私が先生の腕も一緒に持ち上げる。先生が呻く。眉が動く。

子ども部屋に引き返し、ポケットに忍ばせていたマッチを擦り、部屋の外から火を放つ。

距離を取る。自分まで火に巻き込まれたら、いろいろ厄介だ。怪我するのは当然としても、目撃されれば私が犯人だと思われる。

火が一気に大きくなってわっと赤くなった。先生のもとへ戻ると先生は目が覚めたようで立ち上がっていた。タイミングがいいのか悪いのか。

「ああ先生」

頭からしずくが垂れている。

「なんで」

先生は困惑している様子だ。

「先生、さようなら」

私はにっこり微笑んで挨拶し、仏壇にあったマッチを擦って火を放つ。声も出せないまま先生に火が移る。そして瞬間的に燃えていく。私は家を出た。じっくり燃えればいいと家には灯油を撒《ま》かなかった。先生のいた部屋と、あの子どもの部屋だ。どれくらいで燃え広がるのか正直予想が付かないが殺せればそれでいい。

家から出て、歩いて現場から離れる。他の家の塀のところまで来ていた私は振り返る。すると目の前が真っ赤になるほど火が強く上がった。早く立ち去らなければと思った時、先生の家の裏の方から、黄色のランドセルが躍り出るのが見えた。いや、黄色いのではない。それはランドセルカバーだ。まさか死んでいなかったのか。もしかして、私の犯行を目撃していたのではないか。子どもを追いかけるのが先だと思った。けれどそれには先生の家に近づかなければならない。それに火の勢いが思ったよりも強いので早く退散しないとこちらも怪我をする。それに周辺の家が騒ぎ出している。ここであの子どもの後を追いかけるのは自らに注目を集めるような行動だ。幸い、私は先生の息子と直接会ったことはない。私がその存在を一方的に知っているだけだ。今は逃げる方が得策だと思い、私はその場から視線を気にしながら逃げた。ランドセルの後ろ姿を忘れられなかった。前はうまくいったが、そのおごりがあったせいだろうか。失敗した。いや、綿密に調査していなかったのも大きい。衝動で殺人はするものじゃないなと後悔しつつ、騒がしくなってきた街に溶け込んだ。

第四章

一年一組

生徒の帰った教室で自席に着いて、黒板を眺めていた。焦点が合わないみたいに現実味がない。借りていたジャージは先生に返却したので、今は私服だった。

窓を叩いている雨音のリズムが響いている。いつもならこんな雨の中でも、聞こえてくる部活動の掛け声も一切しない。そのせいか、学校は退廃的な雰囲気だった。僕は一人終末の世界に取り残されたような気がした。

なぜ樹先生は僕の名前を呼んだのだろう。警察の見解を詳しく知らないので自力で考えてみるしかない。まず、先生が自ら火を被ったと仮定する。その上で僕の名前を呼んだのはなぜか。その理由は、一つ誰かに話すことがあった。二つ、僕が先生に火を放ったと思わせたかった。考えられるのはこれくらいだ。ただ一つ目の理由は簡単に否定できる。自殺なら焼身という方法を使わないで遺書でも書いておけばいい。メッセージならその方が確実に伝えられる。しかし現場に残した遺書を警察や遺族が僕に見せない可能性を考えていたとしても、郵送で送るなど考えれば、やり方がありそうなものだ。

しかし理由の二つ目、僕に罪を擦り付けたかったという可能性。これなら納得できる。

焼身自殺ならば事件発生の時間を明確にできる。例えば首を吊った死体が腐るまで発見されず、死亡推定時刻が分からなくなることがある。しかし、焼身自殺であるなら、誰かが火に気付き通報するだろう。自ずと死体も見つかるはずだ。火の燃え方から、死亡推定時刻も割り出せるだろう。だから僕のアリバイがないタイミングで自殺を行えば、僕が犯人と考えられる。僕に罪を着せたいのなら、遺書は書かないというのは当たり前だし、ビルからの飛び降りでなく焼身自殺にしたのも、飛び降りだと僕がその場にいなければ罪を犯していないことが衆人環視で明らかになってしまう。しかし、焼身自殺なら火に注意がいって、不審者は見ていないと言っても不審がられない。

自殺だったとして、前提を覆すようだが自ら火を被る選択をするだろうか。名前を叫ぶなんて、証拠としても弱い。もし、火の周りが想定より早ければ、証言を残せない可能性があった。それは計画としてあまりに不確定だ。

やはり焼身自殺と仮定するのは不自然だ。自殺でないのなら事故か何者かによる放火ということになる。事故なら、伝えたいことがあったのか。けれど僕に心当たりはない。僕のせいで事件が起きたと思っているのか。やはり僕を犯人に仕立てようとしているのか。理由も分からない。

何者かによる襲撃も事故と同じ理由が考えられる。事故や襲撃なら咄嗟《とっさ》の行動であり、遺書など事前に用意できないので、名前を呼ぶというメッセージは至極妥当だ。他に僕の名前を残す方法は浮かばない。

事故や襲撃された先生が僕に罪を着せようとして名前を呼んだのなら、先生の関係者が犯人となる。見知らぬ人間をかばうような人はいないだろうから必然だ。もし単純に犯人をかばいたいのなら知らない人だったと言えばいい。つまり先生は僕に罪を着せるために名前を呼んだのだ。ではなぜ僕が槍玉に上がったのか。先生が咄嗟《とっさ》に犯人に仕立て上げる候補にしたのは、どんな理由か。全く犯人ではありえない人間の名前を呼んでも罪は着せられない。普通なら僕は犯行時刻、学校にいてアリバイが成立していた。僕のサボタージュは突発的なもので誰かが予想できるものではない。直前に言い争った宮園にだって、僕が欠席するかなんて予想は立てられないはずだ。よって先生にも僕の欠席は予測できなかったものと考えていい。

そこでふと反論が頭を覗かせていた。叔母が八時過ぎに学校に欠席の連絡を入れているのだ。もし学校の関係者が先生に連絡をしたとすれば、僕のアリバイがないことを知っている。いや、待て。組みあがった論理を打ち消すように、また新しい考えが浮かぶ。家にいれば叔母と一緒だ。公的なアリバイとして証言の信憑性はないものの、僕に犯行が不可能なのは明らかだ。かつ、僕が遊びに外に出ることは予測していないはず。やはり、僕に罪を着せるためというのは不自然だ。けれど、あえてアリバイがあるにも関わらず名前を呼んだと考えると、矛盾がない答えが出る。つまり、僕が犯人ではないと警察が証明する前提で名前を呼んだ。もし警察が、僕が犯人でないと判明した場合、警察は僕と犯人を誤認したと考えるはずである。つまり僕に似た人物に注意を向ける。それが狙いなら。犯人は僕と違う容姿の人間ということにならないか。

しかしこれら全ては、犯人を庇うために樹先生が故意に嘘をついた場合で、もし故意でなく誤認してしまった場合はその考えが逆転する。

つまり僕に似た人物の犯行になる。

爪先で床をなぞった。薄く積もった埃が筋になる。それを足裏で馴染ませた。

相反する答えが並んでしまった。これじゃ堂々巡りだ。しかし、僕に似た人物の犯行というのは、単に似ているのか、似せたのかという部分で分岐する。単に似ていたというのなら考える余地はないが、似せたというのなら、別の問いが浮かぶ。

なぜ僕に似せたのか。

罪を被せるのなら、一番怪しい人物、犯行を行いそうな人物に擦り付けるのが普通だ。言い換えるなら犯人にとって、僕には十分な動機があるように見えるということだ。もちろん、僕個人にそんなものはない。客観的に見れば僕には一番の動機があるのも知っている。

母の自殺だ。母の自殺は僕の生活に大きな変化をもたらしたのは事実だ。変化により恨みを抱いたという動機は事実と異なるが筋は通る。刑事も言う通り、火を使っている部分は似ている。それに樹先生は母の教え子だった。僕が母と同じような手口で復讐したと邪推する者もいるだろう。

つまり僕に罪を着せたのが母の自殺に関連しているのなら、僕がその息子であると知っていなければ成立しない。僕としては高校に戻ってきてから、母との関係を隠していたわけではない。実際秋吉は祭りの時、会話が自然に事件について触れてしまって気を遣ってくれた。僕も否定していない。僕が覚えていないだけで秋吉や宮園の他にも小学校一年生の同級生もいるはずだ。

うまく考えがまとまらない。僕も帰ることにしようと廊下に足を向けたところで思わず立ち止まった。宮園が廊下の角、壁にもたれるように立っていた。瞬きをすれば消えていきそうな儚い雰囲気を携えている。やはり宮園は変わった。

僕の心中で疑惑が芽を出した。種はずっと抱えていた。けれど見ないふりをしていた。母方の祖母が父の葬式で放った暴言に泣きそうになっていた少女はここにはいない。怜悧な光をともす瞳は知らない人のものだ。

そこで先ほどまで考えていた疑問がぶり返してくる。本当に宮園は犯人ではないのか。僕は宮園が人を傷つけるような、そんなことをするはずがないと信じている。でも月日と距離が残酷にも僕らを別った。目の前にいるのは本当に僕の知っている宮園なのだろうか。

僕たちが暮らしていた家は全焼した。母の遺体はかろうじて残った臓器からとれたDNAで祖母との血縁が証明された。母の死と今回の事件。繋がりがあるのだろうか。犯人が他にいるのならなぜ焼身自殺の擬装にこだわったのだろう。

そもそも母が自殺する理由はなかった。父が亡くなって、母と僕、血縁はなかったけれど新しく二人の家庭を作ろうとしていたところだった。そう思っていたのは僕だけだったのか。また僕は勘違いしていたのか。母は僕を見つめてくれた。頭を撫でてくれた。父と出会えてよかったとその口元が言っていた。私の息子になってくれてありがとう、これからもよろしくと口下手でたどたどしかったが言ってくれたじゃないか。それも全部僕の見た夢だったのか。僕は何を見ていたのか。昨日の宮園との一件も相まって自信を無くす。

今日の事件だって、火を使ったなんて聞くと母の焼身自殺とどうしても重ねてしまう。宮園も当然母が自殺をしたのも知っている。けれど、今日の事件と母の自殺、それが僕を介して存在している。そして僕の隣にいた宮園にも。

そんなわけないじゃないか。心の中で反論が響くのに、冷静にではなぜ今日遅刻したのだと問う声がする。僕と会いたくないのなら刑事も言っていたように、いつもより早いバスに乗ればいい。わざわざ遅刻なんてしなくても、僕を避けることはできる。それに最悪休んでしまってもいい。遅刻に他の理由があるのだろうか。考えたくないのに、最悪のシナリオが脳内で組まれていく。

まさか、そんなはずはないじゃないか。そう表面上は取り繕っても、言葉の裏側が溶けて、疑惑と混ざり合っている。昨日だって、宮園は先生を睨んでいた。二人で空き教室で話し合った後、宮園は顔を青くしていたじゃないか。そういえば二人は何を話していたのだろうか。

ああ。馬鹿だ。違うと思いたいのに、どんどん宮園が怪しく見えてしまう。

「宮園」

僕は喉から絞り出すように声がこぼれていった。宮園は僕の声に振り返る。そして逃げるようにすぐに走っていった。僕はすぐに後を追いかけた。追いついたのは昇降口だった。逃げ切れないと悟った宮園は、くるりと振り返ると僕を睨んできた。

「早く帰るように言われたでしょ。何をしていたの」

「えっと考え事？」

「考え事？」

「えっと、今回の事件について」

「そう。そうね、ほどほどにした方がいいわよ。どうせ警察に任せるしかないんだから」

「そうだね。でも、今は自分でも考えたいんだ」

母の自殺は大人の意見を鵜呑みにする他なかった。今になって、それでよかったのか後悔で揺れている。宮園は目を伏せた。

「そう、勝手にすればいいじゃない」

「うん。勝手にするよ。だから一つ答えてくれないか」

一歩踏みよった僕を宮園はあからさまに迷惑そうな顔で向かい合った。

「単刀直入に聞く。なんで今日遅刻したの？」

「何で私が遅刻したことを知ってるの」

宮園が警戒したように後ずさる。不安げに自分の二の腕をつかんでいる。

「知っているも何も、宮園がバスに乗っているのを見たから」

「私をつけていたのね。最低ね。もう構わないでって言っているのに」

「そんなこと言っている場合なの？　先生がこんなことになったのに」

「だから何？」

鋭い声に、ひるんでしまった。

「あなたに関係ないでしょ」

宮園はろくに目を合わせることなく先に歩いて行った。

「早く帰りなさいよ。ていうか、もう学校に来ないで。あなたの顔を見たくないの」

そんな捨て台詞を吐いて。僕はしばらく動けなかった。けれど、それでもまだ、自分の言ったことに後悔する。髪をくしゃくしゃと掻き乱した。喧嘩するつもりはなかったのに。

とげとげしい言葉が胸に刺さる。

僕はしばらく時間をつぶすことにした。今、校舎を出れば、宮園と同じバスに乗って一緒に帰ることになるのだ。それは気まずい。なんとか時間をつぶすと次のバスの時間も近いので僕は下駄箱から校舎を出た。雨は鞄に忍ばせていた折り畳み傘にあたって弾けている。そこまで長く待つこともなくバスが来た。バスに揺られて、駅のバスロータリーに着く。ここが家から一番近いバス停だけれども、若干家から距離がある。雨がひどくなってきて折り畳み傘では、覚束なくなってきた。ショートカットのため路地に入り込む。地元の住民が時たま使う路地裏だった。車一台がぎりぎり通れるかどうかの広さの路地の中央を歩く。その間、僕は考えることに集中していた。道の終盤に差し掛かった時、雨音の中から足音が聞こえてきていることに気が付いた。地元住民だと思って気にしなかった。ただ道の中央を歩くのはよくないと右側に避けた。しかし相手はまだ遠いのか追い越すことはない。路地から大通りに出る脇道に差し掛かった時だった。

「鳥居翼さん」

背後から声を掛けられて立ち止まる。聞こえないふりをして歩き続けるべきだった。けれど脊髄《せきずい》反射で立ち止まってしまった。では次に僕がとるべき行動は逃げること。しかし足が動かない。

声の感じは男女どちらか分からない。文章の読み上げのアプリでも使っているのか合成音だった。僕は振り返ってしまった。

「違いますけど」

傘を傾げて相手を見る。思ったよりも相手が近かった。相手は僕に躍り掛ってきていた。僕は咄嗟に逃げきれなかった。もたれるようにその場に崩れる。傘が手元から落ちて地面に跳ねた。ズボンが濡れて不快だった。見上げた相手は合羽を被っていた。合羽からは雨が滴っている。この様子では骨格も判然としない。相手は大通りの光を背に合羽を翻した。退路を塞がれた。その手元が鈍く光っている。ナイフが光っていたのだ。相手に悟られないように傘までの距離を測った。ナイフが振りかざされる。その影が僕を覆う。瞬発的に傘を手に取れるように体をわずかに傾けた。ナイフが振り下ろされた瞬間、傘を手に取って振り回した。傘の先がナイフを持つ手許に当たって、弾いた。弾かれたナイフはカランと音を立ててコンクリートの上を滑っていく。相手の意識がナイフに向かった瞬間、僕は弾かれたように立ち上がって地面を蹴って駆け出した。手に持っていた鞄を相手に投げつける。まともに鞄をくらってよろよろと後ろに下がっていく。僕はわき目もふらず走り続ける。後ろからワンテンポ遅れて追いかけてくる足音が聞こえていた。傘は武器として持って走り続ける。しかし傘を広げていれば空気抵抗が大きい。走りながら閉じた。

どこか人がいるところへ逃げなければ。雨で視界が悪い。しかも路地は細い。この周辺は人目がほとんどない。それにこのまま家に帰るのは危険だ。相手はすでに僕の家を知っている可能性はある。しかし知らなかった場合、相手に僕の情報を教えてしまうことになる。しかも鍵は投げつけた鞄の中だ。スマホも同じく鞄に入っている。逃げるためとはいえ、鞄を投げつけたのは失敗だった。とにかく助けは呼べない。どこへ行けばいいか。この周辺は住宅街だ。交番は駅の方向にしかない。駅の方向に戻るには犯人のいる方向に引き返さなければならない。しかし、そんな危険なことはできない。逃げきらなければならない。とりあえず距離を稼がなければ。僕の駆けていく音が建物の間に反響する。雨音に混ざって後ろから追いかけてくる足音が聞こえる。少しは距離が取れただろうか。そしてそのまま走り続ける。今僕が走っているのは大通りに並行するように作られた道だった。路地と大通りを繋ぐのは人が通れるかどうかくらいの細い道だ。エアコンの室外機を置くためだけに作られた隙間。通れるかもしれないが引っ掛かるのは必至。ほどこうともがいている後ろから犯人に追い付かれたら本末転倒だ。恨めしく横目でにらみながら通れそうな道を探す。すると正面に壁が反り立っているのに気が付いた。僕の後方、かなり遠ざかっているがまだ足音は聞こえている。絶望。しかし壁の手前に右に折れる道があった。

大通りからはそれてしまうがそれ以外に道はない。右に曲がって、しばらく、進んでいると大通りが見えた。あと少し、後ろから追いかけてくる音は聞こえない。逃げ切れる。建物の角を出たところで前方に人がいた。先回りされた。もう駄目だと思った。呼吸は乱れて、喉が痛い。血の匂いが喉奥からしている。足がもつれて、倒れ込みそうになる僕の前方にいた人は振り返ると目を大きく開いていた。

「翼君」

小さい声だったのに僕の耳は拾ってしまった。

「宮園？」

「どうして」

瞬間的に、分の悪さを感じた。巻き込んではいけない。

「宮園！　逃げるよ！」

「え」

宮園は虚を突かれたような表情を浮かべている。困惑しているその手首をつかむと一緒に走りだした。宮園は目を白黒させているが、抵抗することはなかった。理由を説明できる余裕もなかったのに、ついてきてくれている。けれどスピードが出ない。見れば宮園の傘が風を食って、後ろに僕らを引いて遅れている。

「ごめん、貸して」

傘を奪うとそれを閉じて返して、代わりに宮園の鞄を背負った。

「ちょっと、何があったの」

「後ろから刃物を持った人間が追いかけてきているんだ」

宮園越しに見たところ、雨合羽の犯人は見えなかった。そのおかげで少し余裕ができる。とはいえ、すぐに乱れた呼吸がどうこうなるわけではないので、苦しい。息を繋いで何とか説明する。

「え。どうして」

「分からない。とにかく逃げないと」

「逃げるならそこを左に曲がって」

宮園が指示を出すので、僕はその通りに従った。さっきまで宮園が犯人だなんて疑ったとは思えないほどすんなり信じた。曲がると少し開けた住宅街が広がっていた。後ろから追いかけてくる足音はない。けれど振り返ることはしなかった。相手がもう一度現れたら、その時は宮園も巻き添えになってしまうかもしれない。できるだけ距離を遠ざけて安全な場所に連れていきたい。乱れた呼吸とばらばらとそろわない足音が雨に閉じ込められている。住宅地に人が見えない。水たまりに勢いよく足を突っ込んで、水しぶきが上がる。足裏に吸い付いた水が跳ね上がっていく。ズボンの裾を濡らして、靴の中まで浸潤していった。降ってくる雨粒はシャツに斑模様を、その隙間を埋め尽くすようにまた模様をつけていく。雨粒は大きく容赦ない。その中を潜り抜けて住宅街を走っていくと、数人が集まっているのに気が付いた。規制テープの向こうに消防の制服をまとった人物、雨合羽を羽織った警察官が見える。野次馬はほとんどいないようだ。警察の姿を見ていると安堵が広がっていく。警官は僕らに気が付いて警戒するように睨みつけていた。黄色い規制テープが雨に揺れていた。僕はテープを目掛けてゴールするランナーのように倒れ込んだ。

「助けてください」

そして震える声を上げた。横並びに走っていた宮園は僕のように倒れることはなかったが膝に手をついて肩で息をしていた。

「何があったんだ」

警官が迷惑そうににじり寄ってくる。騒ぎを聞いて何人も集まってきていた。その中の誰かが宮園の制服を見て植木田高等学校の生徒かと聞いてきた。宮園が荒い息の間から肯定した。

「お前たちは」

集まっていた警官の間から知っている顔が覗いたと思えば、藤堂刑事だった。藤堂刑事は傘を差しだしてきた。

「なんでここにいるんだ。って言うか、お前どうしたんだ、その傷」

藤堂刑事が自分の左頬を指さしてその指を僕に向けた。

「いたっ」

指摘されて、何のことか呑み込めないまま自分の頬を撫でる。激痛が走り、顔をしかめる。頬に触れた指にも雨が落ちて、赤い色を溶かしていた。血特有のにおいが鼻についた。

おそらくあの雨合羽が躍り掛ってきた時にやられたのだ。

宮園がそっとハンカチを差し出してきた。

「汚しちゃうよ」

「捨てる予定だったからいいよ。そっちで捨てて」

僕はありがたくハンカチをもらうことにした。

「とにかく、話を聞きたいんだが」

周辺には店はない。パトカーに入って話を聞く他ない。

「刑事さん」

僕らの後ろから声がしたので振り返ると、僕らに折り畳みの傘を傾けてくれている女性が立っていた。襟なしのブラウスにロング丈の黒いスカートを合わせている。髪の毛は簡単に後頭部の付け根でまとめられている。見知らぬ女性だった。

「野口さん。どうしてここに？」

「先ほど事件は自殺で片が付いたと伺いましたが」

「自殺って」

「ええ。ここも撤収するよう、今手配をしているところです」

「そう」

女性は傷心したような表情で家を見ていた。胡乱《うろん》な瞳をしていた。それをドロッと僕らに目を向けた。おそらく樹先生の奥さんだろう。話には聞いていたとはいえ確かに美人だ。

「すみません藤堂さん。撤かれました」

現場に若い刑事が水しぶきを上げながら入ってくる。刑事が顔を上げると幽霊でも見たようにハッと顔色を変えた。

「ああ、大丈夫じゃないが大丈夫だ」

藤堂刑事はゆっくり目を閉じて若い刑事を下がらせた。何のやり取りなのか推測できない。

僕のシャツの袖が引かれたので見ると宮園が震えていた。そういえば雨に当たっていたのだ。寒い。

「すみません、藤堂さん、僕ら雨に濡れちゃって、温まりたいんですけど、パトカーでもいいですよ」

「全く君は警察を何だと思っているんだか」

藤堂刑事は呆れたように腰に手を当てたが、突き返すことはなく、僕らをパトカーに案内してくれた。僕はズボンが汚れていたのでパトカーに躊躇した。気を利かせてくれた藤堂刑事はタオルを差し出してくれたのでありがたく使わせてもらった。僕も宮園も後部座席に収まって藤堂刑事が助手席に座って体をねじった。運転席には藤堂刑事の後輩の刑事が着いた。後輩の刑事さんは行沢さんというらしい。

「さっきの女性って、樹先生の奥さんですか」

「ああ、そうだ。野口麗奈さんだ。近所の介護施設で看護師をしているらしい。君も美人に目がないのかい？」

「セクハラ」

顔を赤くしていた僕だったが、宮園のつぶやきで青くなった。藤堂刑事はそんな僕らを面白そうに目を細めて見ていた。それもすぐに表情を変えて、真剣に僕と向かい合った。

「それで何があったんだ」

「何者かに襲われました」

車内の空気が固まった。

「傷は最初に切り付けられた時にできたものだと思います。それからすぐに逃げ出したので他に傷はないです」

頬を押さえながら話す。さっきまで痛みは感じていなかったのに、傷があると知ってから今更のように痛み出した。話すたびに皮膚が張って痛い。

「いつ」

「ついさっきです。僕はここまで逃げてきました。途中で宮園と合流したので強引に引っ張ってきました」

藤堂刑事は宮園に視線を向けた。黙って頷いた宮園に藤堂刑事は唸る。そして行沢さんに目を向けた。行沢さんは首肯して、車を発進させた。

「君たちはこっちから来たね」

指さした方向は僕らの来た道で間違いない。肯定すると車は元来た道をたどるように進んだ。

「この場所に来たのは警察がまだいると知っていたからか」

「ええ、知っていました。親戚が近くに住んでいるので。その親戚から近所で火災があったと聞いていたんです。もしかしたらそこが先生の家なのかなと。来てみれば分かるかなと一か八かでした」

宮園は俯きがちに言う。長い睫毛が影を落とす。

「僕と宮園が合流したのはその先を右です」

走った時の半分以下の時間で宮園と合流した地点に着いた。

「車で入れるのはここまでです」

路肩に車を停めた後輩さんに藤堂刑事は頷いて携帯で連絡を取った。

「それで、襲撃されたのはこの先だね」

「はい。そうです。ここから百メートルくらいですかね。道なりに。犯人に鞄を投げつけたので鞄がまだ残っているかも」

藤堂刑事が頷いて電話の相手に今僕が言ったことを伝えている。

「犯人の特徴は？」

「犯人は雨合羽を着ていたので、体格は分かりません。背丈は僕と同じくらいじゃないかなと思います」

「宮園さんは犯人を見ていないの」

宮園は口を閉ざしたまま苦汁を噛み締めるようにゆっくりと頷いた。行沢さんは僕に視線を向けると測るように目を細めた。

「君の身長は」

「百六十五です。これから伸びる予定です」

行沢さんはそれをメモに取って藤堂刑事に手渡した。メモを受け取って、伝えている。

電話が終わると藤堂刑事が質問者に代わった。藤堂刑事は指示を飛ばしているわけでもないのに、まるでそうなるのが当然と言わんばかりに行沢さんと自然に入れ替わっている。

二人の阿吽の呼吸に舌を巻く。

「それで、襲い掛られる君はどうしていたんだい？」

「まず僕は学校が終わっていつも通り帰宅していました。けれど途中でこの路地に入りました。ショートカットなのでたまに使っているんです。すると、後ろから足音が聞こえて来ました。僕の他にもこの路地を使う人はいるので特に気にしていませんでした。あと、大通に合流する道の分岐点で、後ろから呼び掛けられました」

「何て？」

「鳥居翼かと」

なぜか宮園が微かに声を漏らした。気管が震えて音が鳴ったようにも、小さい悲鳴を上げたようにも聞こえる声だった。隣にいた僕でさえ聞き漏らしそうになるほどの小さな音だったので前に座る二人には聞こえていないはずだ。横目で確認してみるが宮園は俯いていて表情が見えない。

「名前を知っていたのか」

「そうだと思います。呼び掛けられて立ち止まってしまいましたが僕は否定しました。すると、相手は問答無用で切り掛って来ました。大通りの道は犯人が塞いでいたので道なりに走っていきました。すると最終的に通りに出て、宮園と合流しました」

後からパトカーが来たのをみると、無線で連絡を飛ばして後輩刑事は車を発進させた。

無線で聞いた話によると病院につれていってくれるらしい。

「問いかけはどんな風に？　声の感じは男だった？　女だった？」

「鳥居翼さんとだけ。声は合成だったので男女までは分かりませんでした」

車は病院のロータリーに入るところだった。そこでいったん会話が途切れて、僕と付き添いとして藤堂刑事が病院に入った。病院にはすでに連絡していてくれたようで、すんなり受け入れてくれた。怪我はほんのかすり傷だったので簡単な処置をしてもらって、車に戻った。警察の二人の事情聴取や被害届の作成を行って僕と宮園は二時間くらい後に解放された。僕が投げつけた鞄は回収されて物証として警察が預かることになったが、貴重品だけはすぐに調べてくれて、藤堂刑事の手を介して返却された。

宮園は終始口を噤んでいた。行沢さんに送ってもらった。宮園の方が先に車から降りた。行沢さんが事情を家族に話している間、藤堂刑事が僕と宮園にグミを一つずつ渡した。ふたりとも遠慮せずに口に放り込んだ。僕も同じように食べる。噛んだ瞬間にグレープの香りが広がる。甘い。

「君たちのアリバイは証明された」

「そうなんですね。ありがとうございます」

僕は胸をなでおろす。藤堂刑事は行沢さんの後に続いて、事情を説明しに外に出た。その間、宮園の背中に謝る。

「巻き込んでごめんね」

「いいえ」

宮園はやはり僕の顔を見なかった。藤堂刑事が車に戻るとすぐに発進した。家につくと、叔母が出てきて僕の隅々を確かめるように見回した。

「大丈夫だよ。病院も連れて行ってくれたから」

「事情は先ほどお電話したとおりです」

藤堂刑事が出てきて、叔母に説明をする。その間叔母が僕にチラチラと視線を向けていた。藤堂刑事の説明が終わると僕は家に入れられた。藤堂刑事は宮園を連れて行く。僕は閉ざされていく玄関の隙間から動き出したパトカーを見送った。

心配してくれる叔母に今日のことについて軽く説明して自室にこもった。扉の向こうで、叔母はまだ話をしたそうに口を開いていたけれど、見なかったことにしてドアを閉めた。叔母には悪いけれど、今は一人で考えたかった。今日はいろいろありすぎたから。落ち着く時間が必要だった。部屋の勉強机に深く腰掛けた。座った途端にため息がこぼれていく。

机に突っ伏して、ぼんやりする。頭の中がごちゃごちゃして、何も考えつかない。何から手を付ければいいのかさえ分からない。考えることを拒まれてさえいるようだった。机の上の時計は二時を指していた。

一枚コピー用紙を引っ張り出して、シャーペンの先でぐるぐる円を描いた。

僕を襲撃した犯人はなぜ鳥居翼と呼んだのだろう。母の自殺する前後の時期くらいでしかその名前は口にしなかった。あの頃の僕は小学一年生で、今の僕は高校一年生だ。成長している僕をあの時の子どもだと見分けられるのだろうか。入学式の時に僕が宮園に気が付いたのは、ある程度想像していたのと、入学式で名前を呼び上げられたからというのも実はある。本来は気が付かないものではないだろうか。面影はあるけれど、本人と断定できるほどのものはない。

名前を呼んでいる時点で見知らぬ第三者の突発的な犯行とは考えられない。事前に調べていなければ。確かに母の事件は当時ニュースにもなったので、調べようはあるけれど、僕個人の情報はあまり出回っていない。あの事件の時、または今の僕の周辺にいた人物が犯行に及んだと考えるのが納得いく。そしてわざわざ鳥居と呼んだことに何か深い意味があるのではないかと思ってしまう。

気が付くとコピー用紙の上、黒鉛の跡が月島翼と形を成していた。苦笑いしながらひっくり返す。筆圧のせいで凹凸の残る紙を撫でて深く息をついた。窓の外の雨脚が弱まって、霧雨のようになってきた。

僕の襲撃と、樹先生の事件は関連があるのだろうか。先生も僕の名前を呼んでいた。樹先生は母の教え子だったから、僕の過去の名前を知っている。これは僕の襲撃事件とは関係ないことを示しているのか。それともわざと今の僕の名前を呼んだのだろうか。

仕方がないから今までのことを時系列にコピー用紙に書き込んでいく。樹先生の件や、僕の襲撃についてまとめていく。

客観的に今朝、樹先生の自宅から火が上がった。その時先生は僕の名前を呼んでいた。一方今朝、僕は学校をサボろうと九時十分ごろ家を出て、駅に向かった。バスロータリーに停まった植木田高校を経由するバスには宮園が乗っていた。いや、宮園は関係ないじゃないか。消しゴムで消そうとしたのに、手を止めた。本当に関係ないのか。

頭の中を怒涛のように疑惑が駆け抜けていく。考えないようにしたのに、怪しさが増して見える。消しゴムを置いてしまった。

それから先を書き綴る。僕は下関市街地で遊んでいる時に掛かった叔母の電話で学校に戻った。学校で事情聴取が始まって、それが終わると帰宅した。僕だけ学校に残って帰ろうとした時に宮園がいた。宮園とまた言い争いをして、宮園が乗ったバスの次の便に乗って帰る途中で何者かに襲撃された。そして宮園と合流した。

ふと違和感を覚える。なぜ宮園は僕の襲撃された現場の近くにいるのか。先に帰ったはずなのに。それに今日みたいな日に寄り道をするとは思えない。それもたった一人で。樹先生の件が、事件か事故かも分かっていないショックの深い今日、寄り道をするなと言われたのに。それに、そもそもなぜ宮園は学校に残っていたのか。他の生徒たちはとっくに帰宅していた。なのになぜ宮園だけ。

僕を避けているにしては、僕の近くにいる気がする。

そういえば秋吉が言っていた。僕が学校を休んだ翌日から宮園も小学校に来なくなったと。僕の病欠した夕方に母の自殺があった。翌日から休んだのは何の理由があったのだろうか。書いている途中で、ペンが止まった。頭の中でなにかが組み上がっていく感覚。忘れないように書きなぐる。思考ばかりが先走って、手が、体が、追いつかない。書き漏らさないようにペンを走らせるのに頭からこぼれていく。書き綴ると以前に書いていたメモを手繰る。お母さんが首を吊ったのは翼君のせいなんじゃないの。耳元で宮園の声が蘇る。

その刹那、ふわふわと胸に漂っていた違和感が、急激に冷やされたように視界の端に固まっていく。不安感で曇っていた目が、晴れていく。僕が見てきたものがA４サイズの紙数枚に収まってしまう。それを全て抱き寄せる。視界の隅にたまっていたものが涙になって、にじんでぐちゃぐちゃになった。

「何で宮園は」

警察は僕に何度も聞いた。家にいなかったのかと。当時は分からなかったが、それは母の自殺した現場に誰かがいたということではないか。

現場にいたのは僕ではなくて宮園だった。

「僕のため？」

今宮園はどこにいるんだ。

僕は家を出ていた。叔母は気が付いていないようだった。雨は柔らかく、走る僕の風圧で舞ってしまうほどだった。

宮園はどこにいるのか。雨雲で天井が低くなったような街を走り抜ける。

スマホを取り出して藤堂刑事に連絡をする。何かあったらここにかけるようにと連絡先をもらっていたのだ。

「もしもし」

少し苛立ったような声で出てきたのは紛れもない藤堂刑事だ。

「藤堂さん、僕です。月島です」

「ああ。月島君か。どうした」

電話の相手が僕と気付いてからは穏やかな声で応答してくれているけれど、その背後は騒がしい。通報が入りましたとか、何とか言っている。忙しい時に掛けたのだ。後ろの声が気になるが、藤堂刑事に聞かなければいけない。

「樹先生はどこの病院に運ばれたんでしょうか」

「あ？」

藤堂刑事の声が一気に怪訝《けげん》な色を帯びる。

「何でそんなことを？」

「気になりまして」

「すまんけど、今は伝えられんよ。個人情報にもなるから」

「ですよね」

反応は予測していた通りだった。

「ところで、事件の真相って本当に樹先生の放火なんですか」

藤堂刑事が呆れたと言わんばかりに大きくため息をついた。

「君の目的はそれだね」

「ええ、それもあります。ただ、僕も考えてみたんです」

「長くなるか」

「ええ、聞いてほしいです」

電話の向こうで舌打ちが聞こえた気がしたけれど、気のせいだと思うことにして話を続ける。

「僕にも事件の真相が分かりました。今から犯人、いや、宮園に会いに行こうと思っています」

藤堂刑事が息をのんだのが分かった。

「何で宮園さんなんだ？」

「警察のほうはすでに調べがついているんじゃないですか」

「今日は家から出るなと言われているだろ。君はさっき襲撃されたばかりなんだぞ」

「でも急ぐんです」

「飛んで火にいる夏の虫とはお前さんのことだ」

藤堂刑事が声を荒らげる。

「僕がどうなろうが、どうでもいいんです。今は一刻を争うんです。もしかしたら、宮園は。取り返しがつかなくなる前にできることをしたいんです」

「馬鹿。警察に任せろと言っている」

「本当にお願いします。ようやく宮園の目的が分かったんです。このままじゃ僕のせいで宮園は」

どうにかして宮園を止めたかった。宮園は自分が死んでも構わないなんて捨て身の行動をとっているのだ。そんなこと見逃せるわけがない。宮園が犠牲になることはないのだ。

「だから教えてください。樹先生はどこの病院に搬送されたんですか。もし教えてくれないのなら、僕は緊急搬送を受け入れている病院をしらみつぶしに当たります」

藤堂刑事は黙り込んだ。沈黙が怖い。いつもならこんな無茶ぶりはしなかった。争いたくないし、自分が損をしても、火種があったら身を引いていた。けれどこれ以上身を引ける場所はない。背水の陣だった。

「分かった。お前さんを野放しにしていたら何をやらかすか分からん」

「そうです。僕は手段を問わないんです」

今になって声が震えてきた。

「分かったよ。今から行沢をそちらに向かわせるから」

電話の向こうで話を聞いていたのか行沢刑事が驚いたように声を上げた。

「藤堂さん、僕は騙されませんよ。僕を病院に連れていくと言って、市内を適当にぐるぐる回って、事件の解決まで結局病院に行かせないつもりですね」

「ああ。もう、うるさいな。違うよ」

電話の向こうで下関市第一病院と言っていたのが聞こえた。藤堂さんと話しながら検索してみると緊急搬送を受け入れている病院だと判明したので、納得した。

「分かりました。もういいです。おとなしく家にいることにします。忙しい時に、すみませんでした」

「あ、ああ。そうだ。家にいなさい」

僕は電話を切ると、バスを乗り継いで海沿いの病院に向かった。この場所には何度か来たことがあったので全く知らない場所ではない。病院の敷地に入って、呆然と建物を見上げる。潮風が胸の不安を撫でて海へ流していく。雨はいまだに霧吹きを当てるように降って、僕の体から集中力と体力を奪っていった。傘を持ってくれればよかったかなと鈍色の空を見上げた。けれど傘を持っていればきっと、目立ってしまうだろう。さて、どこに宮園がいるのだろうかと探し出そうとした一歩目が出ない。

「何でここにいるのかな」

肩をがっしり掴まれている。僕は壊れたロボットのように振り返ると、案の定、藤堂さんが鬼の形相で僕を睨んでいた。

「えへへ、来ちゃいました」

行沢刑事が頭を抱えた。この後、帰れ帰らないとひと悶着あって、覆面パトカーに乗っていることを条件に合流が許された。

病院のエントランスから、少女が出てきた。少女は赤い傘を差して後ろを振り返った。後ろから黒い傘の人が出てきて、二人はぎこちなく距離を取りつつも、人気のない病院の裏手に歩いていく。少女は植木田高校の生徒のようで、スカートのプリーツが歩くたびに揺れた。顔は見えないけれど誰か判別できた。宮園だった。

「近づきます」

藤堂刑事が無線で連絡を飛ばしながら病院の周りを囲む木々に潜り込むように車を停め

た。宮園の横顔が見える。相手は角度的に背中しか見えない。その背中も傘でほとんど見えていない。宮園の赤い傘が震えているように見えた。

窓を開けても二人の声は聞こえない。藤堂刑事は窓を閉めた。

「他の捜査員が集音器を仕掛けてくれたらしい」

行沢刑事がマイクをひねった。二人分の女性の声が聞こえてきた。

「先ほどもお話しした通り、今回の事件についてのお話を伺いに参りました」

「なんでしょうか。私に分かることはほとんどありませんが」

「分かることはないなんて、そんなことないでしょう？　あなたが真犯人なんですから」

「真犯人ねえ。何のことでしょう」

宮園が苛立ちを滲ませた笑みを浮かべている。

「あの日、私は見たんです。あの殺人現場」

「何のこと言っているんでしょう」

僕は確信を深める。だからこそ不安が大きくなって、心臓が耳に移動したみたいに脈動が大きく聞こえて息苦しい。同じ車内で藤堂刑事と行沢刑事が押し黙って会話に耳を傾けている。

「私は罪を犯しました」

宮園の傘が黒い傘のシルエットに重なる。宮園が一歩近づいたのだ。

「その罪を晴らしに来ました」

宮園は傘を放り投げた。その手元がきらりと薄暗い空を反射して光った。

一年二組

その後、再び学年集会が開かれた。先生への黙とうがされた。校長は簡潔に先生の事件について最終的な説明を行った。先生の事件は焼身自殺として処理された。そして壇上には数名の見知らぬ人物たちがやってきた。彼らはカウンセラーだと紹介される。何かあれば、何もなくとも、彼らに話をするようにと校長が言った。後追い自殺を防ぐためだろう。

事件は脚色を加えられて報道された。蜂の巣をつついたようとはよく言ったもので、学校周辺は連日騒がしかった。しかしそれも時間がたてばたつほど薄くなっていった。

そして季節は巡って、私たちは進級した。私と彼は同じクラスになった。そのころにはもう、日常が戻ってきた。先生一人いなくなっても、強引に時間は進んでいく。いつまでも時間の流れに逆らえる人間はいなかった。開き戸がガラガラと物音を立てて開かれた。

先生が入ってきた。恰幅のいい岩室先生だった。

「はい、おまちどう。今日は」

先生は振り返って今日の日付を見つめる。

「足して二十一、だから、えっと出席番号二十一番。欠席か。なら」

先生はクラスを見渡した。そして一人の男子生徒に目を付けた。彼だった。

「間を取って野口。朝礼しろ」

「どことどこの間なんですか」

彼は窓から目を放してにいっと笑った。

「いいから、朝礼」

彼は仕方がないなと立ち上がった。他の生徒も同じように立ち上がる。日常に紛れるように彼は笑う。

「松富、いつまで座っているんだ」

先生が私を名指しする。私は慌てて立ち上がると周りの生徒たちは面白そうに笑った。

彼もいつものような晴れた顔で私を見ていた。

「麗奈、大丈夫？」

「ええ、少しぼーっとしていただけです」

学校では鳥居美晴の死はタブーになりめっきり誰も話さなくなった。

事情聴取を受けた日、火災現場から見つかり病院に搬送された遺体が男性だと聞いた時はただただ当惑した。私は確実に女性である鳥居美晴先生を殺したと思っていたのに、他の人間を殺したのかと思った。ニュースでは遺体が一つしか出てこなかったと報道しているので混乱した。刑事が歯形は先生のものだったと言っていた。矛盾だらけでまるでなぞかけのようだった。

その後鳥居美晴は半陰陽だったと知った。半陰陽について全く無知だったので後日調べてみたところによると、性別は受精の時に精子がX染色体またはY染色体のいずれかを持つことによって決まる。XX染色体で女性。XY染色体で男性になる。胎齢七週で男女差が生まれてくる。ざっくり言ってしまうとY染色体を持つと男性へ、それがなければ女性へと変わっていく。出生時、外性器の形態に従って性別が戸籍に記載され、法律にも決定される。しかし、性別決定の過程に異常が生じると性分化異常が発生する。これが半陰陽と呼ばれる。半陰陽にもいくつか種類がある。この中で、鳥居美晴は後に報道で告げられたのだがXY染色体をもちつつも、乳房があり、外性器的には女性と同じ膣を持つなど外見は女性でありながら、女性内性器、子宮などがなかったようだ。

火災の際、鳥居美晴の遺体の損傷が激しかった。灯油をかけたのは頭部から胸元、そして正座のような座り方をさせていたので、下腹部に垂れていた。意図はしていなかったものの図ったように男女の区別を難しくさせている。外性器をはじめとする下半身が焼けたのでなおさら困難だったと思う。しかし、解剖をしてみて、焼け残ることの多い臓器、子宮の有無で性別を割り出すことができるのだ。あの現場にあった死体のＤＮＡが男性のものだったと聞いた当初、先生を殺せなかったのかと愕然としたが、蓋を開けてみれば何のことはない。先生に子宮がなかったから、男性と思われたのだ。そしてＤＮＡが男性のものでも美晴先生が半陰陽だったからと説明ができる。歯形が美晴先生だったのも当たり前だった。

結局事件は自殺として処理されて、普段通りの日常に戻った。しかしこの平穏がいつまで続くのか分からない。事件を目撃したあの少年がいつか私のことを誰かに言う可能性もあるのだ。忌まわしき鳥居先生の息子だ。事件の後姿を消している。どこかで保護されているのだろうということは容易に想像がつく。警察も少年の将来を慮ってか現場付近に子どもがいたという目撃情報はなかったことにされた。しかし現場に子どもがいなかったわけではないことを私は知っている。今のところ、警察は私の犯行について掴んではいない。あの子どもを捕まえて口を二度と開けないようにすればいい。警察は先生を私が殺したとはまだ知らない。だからあの子どもを警察よりも先に見つけ出して口を封じなければならない。

探し出してみせる。私は一人笑みを浮かべた。

一年一組

「何を言っているのかねえ」

女性が嘲笑している。女性は野口先生の妻、麗奈だった。その奥には怒りが感じ取られて、僕はこぶしを握った。藤堂刑事も行沢刑事もすぐに動けるように車のドアノブに指をかけている。

「まだ分かりませんか。鳥居先生は殺しです。私は事件を目撃していました。けれど警察に証言はしていません。とても怖くて、事件後私は入院しました。私はあの日何もしなかった。犯人を目撃していたのに、だんまりを決めていた。それを彼に知られたくなかった。それからずっと今まで見て見ぬふりをしていた私も同罪です」

麗奈は静観しているのか反応がない。返事がないまま宮園は話を続ける。

「あなたの目的は翼君を襲撃したことで全て理解しました。なぜ樹先生が放火されたのか、その理由は正直仲間割れかなという風にしか考えていません。どうなっているのかその真実は分かりませんが私には関係のないことですので。深く追及はしません。私が求めているのは彼の平穏です。あなたは襲撃する相手を間違えています。翼君が鳥居先生の事件の目撃者だと思ったから襲ったんですよね。息子だから。でも先ほども申した通りあの日現場にいたのは私です。だから今、ここに罪の清算に来ているんです」

沈黙が二人の間に降りた。

「清算？　ナイフを持って？　何をしようと言うの？」

麗奈の声には余裕さえも感じる。

「あなたの生贄になりに来たんですよ。あなたの目的は目撃者の抹消。ならば私が本来の目撃者です。私を殺せばそれで丸く収まる。違いますか」

僕は言葉を失う。いや、想定していたことだった。今までの宮園の行動を考えると自己犠牲で成り立っている。

「殺すねえ。そんなことできませんよ。仮に私があなたの言う通り犯人だったとして、私がなぜあなたを殺さなくちゃいけないんです？　本当にあなたが目撃者かどうかも分からないのに」

「信用できなくとも、私が現に真犯人であるあなたの前にいることが、証明になりませんか」

「お笑い種ね。お話にならないわ」

二人の雰囲気がぴりつく。僕は今すぐにでも、宮園のところへ行きたい。しかしいま証拠もない状態で飛び出してしまえば、宮園の努力は水泡だ。警察にとっても、今どういうふうに行動しているのか分からない。下手に僕が現れれば待機している警察の、宮園の保護が間に合わない可能性もある。

「そうですか」

宮園の声がぐんと低くなった。背中にいやな汗がヒヤリ垂れる。

「折角自殺に見えるようにしてあげようと思ったんですけど」

宮園は持っていたナイフを自らの首元に当てた。

「これでも罠だと思いますか？　ここへ来たのは、私個人の意思です。他の人が私の自殺未遂計画を止めないはずがないんです。翼君はそんな悪人ではない。今この状況はあなたにとってかなり有利だと思います。あなたの殺人を目撃した人間の口を封じることができる。それに今なら樹先生の件も、もし警察が自殺未遂の説を覆して殺人と断定した場合、その罪をかぶってもいいですよ。翼君の襲撃も私がやったことにしてもいいです。遺書をしたためて自殺だってして見せます。決断してください。ここであなたに殺されたように首を掻っ切ります。そんなことをしたら、あなたに返り血が付きますよね。あなたに警察の目が向きます。解決した事件も蒸し返されるかもしれませんよ」

自分の首に押し当てたナイフが震えているように見えた。

藤堂刑事がドアを開けた。行沢さんも音を立てないように動き出した。

「そのナイフには私の指紋が付いていないわよね」

「え」

「私は止めようとしたの。けれどあなたは自殺したの」

女が宮園に一歩近づいた。そして手を伸ばす。

「それでも構いません。あなたが翼君に手を出さないのなら」

僕はいつの間にか走り出していた。

「取引成立ですね」

犯人の麗奈の背中を通り抜けて、狂ったような笑みを浮かべる宮園の腕を掴んだ。

「馬鹿！」

唖然とした宮園の手からナイフを取り上げると誰もいない方向に放り投げた。多分、そこに刑事は隠れていないはずだ。

宮園は僕を入学式の時みたいに目を丸くして見つめている。久しぶりに目が合ったのにこんな展開は望んでいなかった。

「もういいんだよ」

脊髄《せきずい》反射みたいな行動だった。宮園の瞳が歪んだ。

「本当に馬鹿な子たち」

後ろから声がした。

「二人まとめて心中なんてシナリオはどう？」

振り返る視界にその場にはそぐわないほどの笑みを浮かべながら刃物を振り下ろす麗奈がいた。この女も凶器を隠していたのか。先ほど路地裏で襲われたシーンがフラッシュバックする。茂みの中から警察が飛び出しているのが見えた。けれど、ナイフが振り下ろされる頃には間に合わないだろう。でもどうでもいい。今日は散々な一日だった。けれど、宮園の命はきっと助かるだろう。背中で宮園のひきつった悲鳴が聞こえた。僕は目を閉じた。

けれど、予想していた痛みはいつまでも来ない。代わりに呻き声がするので目を恐る恐る開くと、麗奈の手が掴まれていた。

「野口麗奈、現行犯で逮捕だ」

麗奈の背後から私服の男性が手錠をかけていた。僕はその姿を呆然と見送る。

「あのな、馬鹿もん」

悠々と近づいてくる藤堂さんは僕らの頭を軽く叩いている。

「お前らが出てこなくとも事件は解決したんだよ」

「すみません」

「いつから疑っていたんですか」

「この事件は樹先生が月島君の名前を喚いていたことが問題だった。つまり殺人ではないかという疑いが強かったんだ。今回火元は家の中だった。外から火をつけたわけではないのなら、それが事故や仕掛けがあるわけではないのなら、犯人は、招かれて家に入った客人か家の人間に限られる。朝早く、客人がいるには早すぎる時間だった。となると怪しいのは家の人間だ。それとしいて言うなら先生が名前を呼んでいた月島君だね。まあ、分かりきっていたんだ。でも、月島君が襲撃されたのはあの女が監視を振り切ったからで、それは俺たちの落ち度だ」

「もしかして麗奈さんが事件現場で言っていたことって」

「ああ、あの、樹の自殺未遂というのはもちろんこちらが流したブラフだ。きっちり引っ掛かってくれたようだった。まあ想定としては物証を捨てるなり、逃亡するなりするだろうと思っていたんだけど、まさか君が襲撃されるなんてね。それに鳥居先生の事件がこんなに深く関与しているとは思わなかった」

「早い段階で犯人を絞り込んでいたんですね」

僕は笑うしかなかった。

「ならなんで前回の事件は」

「それをお前さんが言うかね。精神的に参っていたとはいえ、結果的に犯人隠避《いんぴ》だよ」

藤堂刑事の苦笑いに宮園は申し訳なさそうに首をすくめた。

「まあ、お前たちのおかげで楽に現行犯逮捕できたのはありがたかったがね」

今度は大型犬を撫でるようにぐちゃぐちゃ僕らの頭を撫でていった。

「お前らは、もっと自分の心配をしろ、似たもん同士が」

はにかんだ僕らに藤堂刑事が何かを企んでいるようにぐっと笑みを深めた。

「まあすぐに帰れると思うなよ」

捕まえられて事情聴取されることになった。

一年二組

人殺しをしたという後悔は今回もやはりなかった。私は当然のことをしたと思っている。彼の父親を殺したことも、美晴先生を殺したことも。けれどまた私の罪が彼に暴かれることが恐ろしかった。だから距離を取ろうと思った。二年生になって彼と同じクラスになった。距離を取ろうとしていたのに難しくなった。

事件は自殺として処理されたまま、特に殺人事件という扱いにはなっていない。私は鳥居事件以降、殺人を犯すこともなかった。初めは彼との生活を警戒していた。私の罪が暴かれるかもしれないと怯えていた。彼は私の心を察してか、私の味方だと言い続けた。

最初は警戒していたが月日が流れ、絆されるようになった。もしかしたらこの平穏無事のままでいられるのではないかなと思い始めていた。幸せだった。いつの間にか私は彼と付き合い結婚するに至った。この幸せが続くことを願ってしまった。その矢先だった。

彼は仕事から帰ってくると深いため息をついた。仕事に慣れていないからかと思ったが、それ以上に抱えていることがあるようで暗い面持ちで私を見つめ返していた。ついに耐えられなくなって
「どうしたの」

と聞くと、彼は何でもないとごまかした。

私は何が彼の頭の中を占めるのか気になった。だから調べてみることにした。彼が読んでいる記事やネット履歴、購入した書籍を調べてみた。寝ている間にスマホを調べ、仕事に行っている間に家を漁った。私にも仕事があるので、難しい部分があったが、樹は自殺遺族の対応方法について調べているようだった。他にも調べるとその記事は過去の記事で、鳥居先生の事件だった。スマホを取り落としそうになった。私の呼吸が止まった。

まさか今更事件のことを調べているのか。いや自殺の遺族の対応を調べている。なら、まさか。あの鳥居先生の息子が帰って来たというのか。翌日私は樹に話を聞いてみることにした。遠回しに話題にしてみる。引き出しにしまっていた入学式の写真を見つめながら。

しかし彼は怪訝《けげん》な表情を浮かべた。彼は私を信用して話をした。鳥居先生の息子の名前も

彼は言うつもりはなかったようだが口を滑らせていた。

「ごめん、今言ったのは忘れて」

「分かった。でも最近ずっと考え込んでいるのはその子のことなの？」

「そうだよ」

同情しているのか、自分が被害者のような苦しげな口調で、瞳には憐れみが覗いていた。私はふうんと興味無いふりを装った。しかし恐れていた事態に動揺していた。彼から聞き出そうと質問を重ねた。訝しげな表情だった。先生の息子、翼は下関に戻っていたのだ。平穏に慣れてしまったのに、地獄に突き落とそうとしているのか。翌日私は彼の忘れ物を届けに学校へ行った。翼を見ておこうと思ったのだ。学校に行っても、直接会うことは叶わなかった。

「学校に来るなよ。興味本位でも、あの少年に近づくな」

「何でよ。私が何かするとでも思っているの？」

昨日とは全く違う反応だった。突き放すような、それでいて彼のほうが、苦虫を噛み潰したような顔をしていた。

「そういうわけじゃないけど。悪いが考える時間が欲しいんだ。君には悪いんだが、少し一人にしてくれないか」

その瞬間彼への献身が泡沫《うたかた》だったと知った。彼に今まで翼を探っていたことがばれた。彼に手を出すなとまるでかばうようなことを言っていた。彼が私から離れていくのが分かった。彼のために殺したのに。

「信じているよ」

そう言う割に、確かめるように言った。一緒に築いていた愛情は一瞬で恨みに変わった。彼との生活を守るために、鳥居翼を殺そうとしているのに、彼は協力してくれない。私はこれだけ彼に尽くしていたのに。

「そんなこと、するわけないじゃない」

私は笑って仕事に向かった。彼は目覚ましが鳴っても起きられない質である。目覚ましがなければ遅刻するくらい眠りこけている。アラームの設定は確認漏れの可能性も考えて毎日同じ時間に鳴るように設定されている。それを切ってしまえば彼はいつまでも眠り続けているだろう。私はそっと彼のスマホのアラームを止めておいた。いつも通り仕事をして、いつもは眠たくなるのに駐車場に車を置いて家に徒歩で帰った。本来は車など使わなくてもいい距離である。私は家に帰ると音を立てないように部屋に入った。案の定彼は寝ていた。私は眠った彼にガソリンを少量だったが撒いて火を放った。火を放った瞬間にやりきれない後悔が渦巻いて私の頬に涙が伝った。彼は飛び起きて火の中で私を見ていた。そして外に飛び出していった。近所の住民に助けられて彼は病院に搬送された。私は彼の足跡のように燃える火を横目に裏口から抜け出した。火にくるまれた彼は月島翼の名前を喚いていた。彼がどうしてその行動に出たのか分からない。しかしこんな事態になったきっかけである鳥居もとい、月島翼を殺さなければならない。彼は病院に運ばれた。私は病院に急行して医者から話を聞き、そして警察から事情聴取をされた。それから、集中治療室の前で、待っていた。数時間後に警察が再びやって来た。まだ、詳しくは分かっていないが、状況からみておそらく自殺未遂だろうと。最近変わった様子はなかったかなどと聞かれた。私は傷心した様子を見せながら警察の質問に答えた。

警察から解放された後、植木田高等学校を経由するバスを駅のロータリーで張り込んで待った。翼が出てくるのを待っていた。しかし、彼の背後に女子が付いていて、襲撃できない。どうやら女子は翼を守っているつもりらしかった。それも路地裏の入り口までしか続かなかった。一本道だから、後ろからつけていることが露見すると思ったのだろう。先回りするためか走っていった。私はチャンスと踏んで呑気に路地裏を歩く翼を襲撃した。

結局それも失敗だった。火災の現場で襲撃にあったと警察に報告している翼が私に気付いた様子はなかった。

まさかあの少女のほうが私の目撃者だったとは。自ら命を捨てる覚悟で私の目の前に現れた少女は私に似ていた。けれど何かが決定的に違っていた。

全ては彼のために行った殺人だった。彼の父親を殺したのも、鳥居先生を殺したのも。なのに上手くいかなかった。

薄々気が付いていたのだ。私が鳥居先生を殺したのは、自分の罪を彼に知られたくなかったのだ。化け物だなんだと言ったけれど、それらは全て御託だった。思えば私は彼に愛されたいだけだったのだ。

そんな彼、樹でさえ殺そうとしたのは愛情が翻って憎しみになったから。いや、違う。愛情の裏には恐れがいつもいた。いつか見捨てられてしまうのではないか。彼の愛していた家族を壊してしまった罪がばれてしまって、彼に恨まれることが怖かった。嫌われるどころか、通報されてしまうのを恐れていた。だから、私の姿を見ていたのかさえ分からない少年を探し執着するほどに。私の体の中にあった愛憎のバランスが崩れて、殺意に染まったのだ。それだけだった。そして殺意をぶつけてしまった後は空疎になった。どうでもよくなった。だから翼を殺そうとしたのも、目の前に現れた目撃者を称する少女も本当はどうでもよかった。惰性で殺そうとした。

本当は二人でいられればそれでよかったのに。

第五章

一年一組

警察の事情聴取から解放されて、警察署からほうほうの体で出た。外は薄闇で雨はとっくにやんでいた。ペトリコールというらしい雨上がり独特の匂いを肺にため込んでから僕はゆっくり吐き出した。散々だった。この数日にいろいろありすぎた。それに今までにないほど頭も使ったので、まだぼうっとしている。

「翼!」

警察署に駆け込んでくるのは叔父と叔母だった。

「もしかして迎えに来てくれたの」

僕は二人に目を見張る。叔母は僕の肩に手を置くと、安堵したように息をついた。それも束の間で、僕の全身を見回した。

「怪我はないよ。大丈夫」

「バカ!」

叔母は僕を抱き寄せた。いつもは嫌がるけれど、心配をかけた罪悪感から拒否しなかった。

「ごめんね」

しばらくして叔母は納得してくれたようで、一歩距離を取ってくれた。代わりに叔父が歩み寄ってきた。

「どうしてこんなことになった。警察から話はおおむね聞いているが、お前の口からも話を聞きたい」

僕は頷いた。けれど視界の隅に陰に隠れている人影を見つけて、口を噤《つぐ》んだ。

「ごめん、話したいんだけど、とりあえず少し待ってくれるかな。まだ解決しきっていないことがあって」

「何言ってんの」

叔母の声を結果的に無視しつつ、人影の方に歩いていくと見つかるとは思っていなかったのか、驚いたように肩を震わせていた。

「宮園」

宮園は名前を呼ばれ、動かなかったが、やがて観念して物陰から出てきた。渋面を作っている。

「あなたは」

「この度は翼君を巻き込んでしまい、誠に申し訳ありませんでした」

宮園は二人の元まで歩くと、深々と頭を下げた。叔父と叔母はじいっと頭を下げたままの宮園を見て、それからお互いに顔を見合わせた。

「あなたが宮園さんね。頭を上げてちょうだい」

叔母は宮園の細い肩に手を乗せた。慮るような優しい声色だった。それでも宮園は頑なに
「いいえ、でも」

「大丈夫。あなただって傷ついた被害者でしょう。警察の人から話は聞いてるよ」

宮園はゆっくりと顔を上げた。

「大変だったわね」

叔母はいたわるように目を細め、腕をさすってやった。宮園は下唇を我慢するようにぎゅっと結んでいた。叔母の優しさに甘えてくれればいいのに、宮園はそれを拒んでいる。

僕はいじらしく思い、本題に入ることにした。

「叔父さん、叔母さん。悪いけど、宮園と話をしてくるから、先に帰ってて」

「え、でも」

宮園は了解したと頷く叔父叔母の二人と僕の間で迷ったように視線をさまよわせた。

「少し話がしたいんだ。いいよね」

真っ直ぐに目を合わせた。宮園の瞳に困惑が揺れていたが、すぐに覚悟が固まったのか見つめ返した。目尻に力がこもっていた。

僕らは近くのファミレスに入った。客はまばらだった。窓際の席に二人向かい合うように座ってドリンクを注文して、それが来るまで待つ間、どちらも言葉を放つことはなかった。いつもは気まずくなるはずの無言は、僕にとっては言葉をまとめるための時間稼ぎだった。宮園は口を真っ直ぐにして身を縮こまらせている。

店員が注文したドリンクを運んできて、時間切れになった。一口だけ口に含んでから、僕は口を開こうとした。

「本当にごめんなさい」

「なんで宮園が謝るの？」

「だって、私があの時通報していれば」

眉間に力が入るのが自分でも分かった。宮園が母の自殺が殺人であると証言すれば何か変わっていたのだろうか。けれど母が殺されてしまった結果は変わらない。宮園が逃げる前に母の消火ができていたとしても助かったかどうかは今になってみれば分からない。

「でも、宮園は人を殺してないでしょ」

「それでも」

顔を上げた宮園と目が合う。その視線もすぐに落ちる。

「今回の事件は私のせいで起こったといっても過言ではない。私のせいで、翼君をさらに苦しめてしまった」

俯いたまま静かに涙を流した宮園の前で何も言えなかった。きまり悪くなってお冷のグラスに手を伸ばす。口をつける気もなく、手の中でグラスを傾けた。氷がグラスの中でころりと転がった。

宮園は宮園の見て来たことを順番に話し出した。


あの日、翼君のお母さんが自殺したとされる日、私は学校帰りに翼君の家に向かった。家には珍しくお母さんがいて、翼君はいないと言っていた。けれど家に招き入れてくれた。そしてここで待っていなさいと扉を閉めた。そのすぐ後に他にお客さんが来たようだった。この部屋は翼君の自室だ。翼君のランドセルが勉強机に載っていた。ベッドもあった。振り返った時にはドアは閉じられていた。最初は勉強机に着いたり、彼のおもちゃを触ってみたり、しばらく待っていたけれど、待ち飽きて、疲れてしまったのか私は眠りについた。目が覚めた時には辺りは薄暗かった。どのくらい時間がたったのか分からない。家に帰れない不安が胸に立ち込めた。早く翼君に会いたくて部屋を出ることにした。ドアを盾にするようにして顔を覗かせて、部屋の様子を見渡した。部屋は静まり返っている。まどろんだ静けさとは違って、この場を支配しているのは緊張感だ。私は雰囲気に呑まれるように息を殺した。身を潜めてにじり進んでいく。ソファーの物陰に一度身を隠した。そこから周囲を警戒するように顔を覗かせると足が見えた。私は足から体をたどるように視線を動かしていく。部屋を出ると首に紐を巻いたお母さんが座り込んでいた。首というよりも顔の下に掛ったロープは首の後ろで結ばれて背中に延びていた。私は恐怖とともに紐を掴んだ。私は悲鳴を上げることもできず、その場に崩れた。おそらく死んでいると幼い私でも理解できた。死んだのなら、もう動くことはない。

足音がした。驚きで肩がすくみ上った。私は翼君の部屋に引き返した。暗がりの中で自分のランドセルを手に取り息を殺す。ドアの向こうで小さい物音がした。私とお母さん以外に家には誰もいないはずだ。翼君が帰ってきたのではないかと思った。でも足音が違う。

いつも意識はしていなかったけれど、翼君の快活な足音ではない。だからドアが開いても、出ないで相手の顔が見えるまでじっと待った。開けて入ってきたのは知らない女の人だった。女の人は液体をベッドに掛けた。意味が分からなかった。液体は灯油のような匂いがする。女の人が部屋から出て、私はどうしようと困惑した。開いたドアの隙間から女の人を見ていた。女の人はお母さんに灯油缶を持たせて自分にかけさせた。女の人が部屋に戻ってきた。私は再び物陰に隠れる。ランドセルをギュッと抱えて息を殺す。女の人はベッドに火を放った。私は悲鳴を上げそうになったけれど、口を押さえて飲み込んだ。女の人は笑っていた。そのまま私に気が付かずに、リビングに戻っていった。燃え上がるベッドを前に動けなくなる。女の人はお母さんに先生さようならと笑って火を放ち、俊敏な身のこなしでキッチンから逃げ出した。

リビングまで出て、どうしたらいいのか分からなくなる。頭の中が真っ白になる。逃げないといけない。頭では分かっているのに、ネジで留めたみたいに足が全く動かない。頭が痛い。目の前の火の塊が蠢いた。悶え苦しむ火だるまが私の方へその燃え盛る手を伸ばしてきた。翼君のお母さんが生きていたなんて知らなかった。

「ごめんなさい、ごめんなさい、ごめんなさい」

私は両目から涙を流しながら、後退った。ランドセルを抱えて泣き叫ぼうとした。怖くてたまらないのに、喉元で声が固まって、音にならない。かすれた声がたどたどしく謝罪の形になる。どうにか逃げないと。お母さんに火を放った女が逃げていった勝手口の方向へ足を向けた。ドアノブを握ったところで、もしかしたら近所の人に助けを求めれば、お母さんは助かるかもしれないと頭をよぎる。火がお母さんの背丈を超えて壁や床を食べていた。お母さんの動きが鈍くなっていた。

私は何もしなかった。一度だけギュッと目を閉じた。家はすでに火にまみれて周辺が騒がしくなっていた。

「ごめんなさい」

私はその場から逃げ去った。自分のランドセルを背負って、家まで走った。

私は鳥居美晴を見殺しにした。自分の身を守りたいその一心で、翼君の母親を殺してしまった。

私はその後泣きながら家に帰った。聞けば翼君のお母さんから私を預かっていて後で送らせてもらう。夕食も一緒にとってもいいかと確認の連絡をもらっていたらしい。とはいえ、それにしても帰りが遅かったことを心配した両親は私を見つけると駆け寄った。母に抱きつき、父が二人を覆うように背中に手を伸ばした。母の胸の中で翼君のお母さんを殺してしまったことを伝えた。二人は言葉を失った。壊れたように嗚咽する私を家に入れた。涙の間から詳細を伝えると、悪くないよと二人はまた抱きしめてくれた。けれど私は精神を病んで、入院することになった。中学生になってようやく以前のような生活が見込めるようになった。高校受験をして、高校生になった。そこに翼君がいた。東京に引っ越したことは人伝てに聞いていたので、まさか再会するとは思わなかった。翼君は高校で再会してからというもの、まめに話しかけてくれるようになった。私は合わせる顔がない。申し訳ないの言葉で済ませられない。あの事件は結局、私が証言することができず自殺として処理されてしまった。いっそ翼君のお母さんと一緒に焼け死んでいたら良かった。

けれど私は知っている。あの事件に犯人がいるということを。犯人は現場にいた私について知らないだろうが恐怖があった。もし犯人が現場に私の姿を認めていたら。そしてそれを翼君だと勘違いしていたら。犯人が口封じを目論んでいたら。不安は積み重なって私を縛り付けていた。

翼君は帰ってきてしまった。ここに戻ってきてしまえば、犯人の魔の手が及ぶ可能性があるのだ。けれど、翼君にそれを告白できなかった。危険が迫っていると伝えるには、私が翼君の母親を見殺しにしたことを伝えないわけにはいかない。それを明かさないまま、過去と同じように話せるわけがない。けれどどこか期待している。私はろくでなしだ。許されることを望んでしまうなんて。自分の甘ったれた考えに辟易する。罪を償いたいのならこの身を捧げてでも、翼君に犯人の凶刃がその切っ先を向けることのないようにしなければならない。

予想が当たったからか、学校にあの女が来ていた。私はあの時の恐怖が襲ってきて、動けなくなった。女性は私に気付いたようでもなく、樹先生に会いに来たといった。岩室先生が、対応した。二人の会話が漏れ聞こえたところによると、樹先生の奥さんらしい。放課後に先生に話を聞こうと樹先生を呼び出した。

「先生」

「どうしたんですか。えっと二組の」

「宮園と申します。先生が名前を覚えていらっしゃらなくても当然です。今回お話するのが初めてなので」

「あ、そうなんだ。ごめんね」

先生は人懐っこい笑みを申し訳無さそうに歪めた。

「いえ、先生、単刀直入にお話しさせていただきます。今日学校にいらした女性は先生の奥さんだと伺いました。どうして学校にいらしたんですか」

「なんだ、その質問か。それなら、僕の忘れ物を届けに来てくれたからだよ」

「ええ、それは知っています。でも、本当にそれだけが理由なんでしょうか」

「なんで？」

「生徒に会いに来たとか」

「それは」

先生が考え込む。頭ごなしに否定しないのはそういう性格なのだろうか。

「岩室先生とお知り合いのようでしたね」

「ああ、それは僕も彼女も岩室先生の教え子だからだよ」

「そうなのですか」

「そう、僕らはここの卒業生なんだ」

「へえ」

「興味ないね？」

「いえ、そういうわけではないのですが」

迷った。先生を信用してもいいのだろうか。私はまっすぐ先生の目を見る。正直何も知らない。あの女性と共犯の可能性はあるのだ。

「先生、私は鳥居先生の事件を目撃したことがあります」

先生の顔色が変わった。

「どうして急にその話を?」

「私、現場で見た気がするんです。先生の奥様を。今日学校にいらしている姿を見て確信したのですが」

「そんな、冗談を言うんじゃないよ。そういうの良くない」

「いえ。本当です。私は現場にいましたから」

「人違いじゃないの?」

「それはないと思います。奥様、童顔で昔とあまりお変わりないですよね?」

廊下で私を呼ぶ声がした。タイミングが悪い。先生は暗澹たる表情で頷いた。

「悪いけど、今日の話は聞かなかったことにする」

私達は二人で教室を出た。先生が身辺に気をつけるようにと指示を出した。私はその背中を睨んだ。

先生は奥さんの犯行について知らないのか、口を割らなかったが、あの殺人者が学校に来た理由は翼君を探しているからではないか。だとすれば翼君に危機が迫っている。状況から考えれば事件の目撃者は翼君だ。逆に私が現場にいるほうが瓢箪からでた駒のような出来事なのだ。しかし実際に現場にいたのは他でもない私だ。そして、見殺しにしたのも私だ。樹先生が共犯なのか、それとも全く何も知らない羊なのか、私は試すことにした。そしてスケープゴートになって翼君の命を守るのだ。今まで受けてこなかった罰を受ける時が来た。

もし樹先生が共犯の関係なら、情報はすぐに伝えられて私を殺そうとしてくるだろう。目撃したと伝えているのだから。逆に関与していないのならば、伝えないのではないか。不愉快な話だからしないのではないか。その場合は、奥さんは翼君を殺そうとするだろう。彼に直接手を出すようなら直接会って話をつければいいのだ。

しかしどっちつかずの結果になるのは先生が共犯関係ではないのに私の話を伝えた場合だ。どちらにせよ、奥さんは私に狙いを定めてくる。私としては翼君を守ることが達成されればそれでいい。つまり、奥さんの出方を待つしかないのだ。奥さんが相変わらず彼を襲おうとしているのなら、それは事前に阻止しなければならない。何なら、先にこんなまどろっこしいことはせず直接話をつけたほうが早い気もする。しかし彼女と直接連絡を取る手段を持っていないので、これしかない。問題は、隣にちゃっかりいる翼君のことだ。今日も飼い犬のようにこっちに来る。

私がスケープゴートを担ったとしても同じ現場にいたら意味がない。翼君ならかばってくれそうだしなんて考えて顔を赤らめる。何馬鹿なことを考えているんだ、私は。一緒に帰る道すがら、翼君を突き放す方法を考える。私と一緒にいていい訳がないのだ。だから翼君の傷口をえぐるような事を言った。私は性格が悪いから、あなたも平気で傷つける人間だと。あなたが昔、友人だと思ってくれた子はどこにもいないんだと。そして散々暴言を吐いた後、翼君のもとを去った。翼君は呆然としていた。私は遠くから彼をつけた。彼はまっすぐ帰宅していく。家に入るのを確認して私は安堵して家に帰った。

翌日、翼君はなかなか家を出なかった。遅刻ギリギリに学校に到着するバスの発車時刻になっても家から出ないので今日は休むのだろうと思い、学校に向かった。学校は物々しい雰囲気に包まれていた。もしや私の知らない間、彼の身に何かあったのだろうかと、いつもは話さない隣の席の女子に何があったのかと聞いてみても何も知らないようだった。物々しい雰囲気を醸し出しているのはどうも先生たちのようだった。廊下を行き来する先生や教室でじっと待っている担任の先生、この状況を公然と聞けない雰囲気だ。すると、校内放送が掛った。体育館で緊急集会が行われるらしい。私は、他の生徒たちと同じように向かった。

集会で話されたのは、樹先生が火災に巻き込まれたということだった。私は頭を殴られたような衝撃を受けた。火災とあの女性はすぐに繋がった。しかし理由が分からない。どうして。共犯関係じゃなかったのか。それか樹先生があの人を裏切った。それとも樹先生は全く無関係だったのに私は巻き込んでしまったのか。

その日の帰りだった。途中で学校に来ていた翼君は最後まで学校に居残っていた。私は知られないように隠れて様子を見ていた。一向に帰る気配がない。何かを考えているようだった。もう関わってはいけない。忠告を投げかけると、翼君は寂しそうな顔をしていた。早く東京に帰ってくれ。この街にはまだ翼君に危害を加えようとしているやつがいるのだ。

私は一緒のバスに乗るのを避け、ロータリーで待ち伏せした。私の乗った次の便から降りた翼君をつける。その帰宅を確認するためだった。けれど翼君は危機感がないのか、路地に入り込んでいった。困るのは私だ。あの路地は狭く、音が反響しやすい。足音がするのでつけるのが難しい。人通りがあるので自分以外の足音を気にしない可能性もあるけれど、それでも振り返ってしまったら、先に帰ったはずの私がいることに驚くだろう。下手したら追求されてしまうかもしれない。

だったら先回りするしかない。走って出口で待っても翼君はなかなか出てこない。まさかもっと先にある出口から出たのではないかとそこに行けば足音がする。それも走っているようなバタバタした足音。もしかして何かあったのか。振り返ると路地から翼君が飛び出してきた。

「翼君」

不安が口を衝いて出てきた。

「宮園？」

まさか返事があると思わず音が頭の中で文字になるのに時間が掛る。乱れた呼吸の間から微かに私の名前が紡がれた。つけていたことを悟られたと思った。しかし私がいるのは大通り。ごまかしようはある。けれど思っていたのとは違い、翼君は私の手を取って走り出した。

その慌てた姿に動揺する。襲撃されたと翼君は言う。後悔と罪悪感で目の前が真っ暗になった。けれど助けを呼ばなければ。交番は今走っている方向と逆にある。しかしショートカットの行く先は親戚の家の近く、火災現場に近づいていた。いっそ駆け込んだほうがいい。警察はまだいるだろうからと私は彼を火災現場の方向へ走らせた。樹先生の家があそこにあるとは思わなかった。知っていたら直接乗り込んで女と対峙したのに。もっと早く知っていればと後悔が襲う。しかし悔やんでも遅い。なんとか警察が溢れる現場に入り込んだ。翼君の頬に傷ができていることに気が付いた。私のせいでできた傷だ。ハンカチを差し出す。すると背後から、女性の声がした。それは殺人者であるあの女性だ。野口麗奈という名前を初めて知った。その顔を見て直談判する決意を固めた。これ以上、被害を出さないために。

警察に見送られてからすぐに樹先生の入院している病院に向かった。病院の場所は虱潰しにあたった。幸い、見舞いに来た野口麗奈がちょうど病院から出てきたので、話をしたいと言うと了承したので、病院の裏手に回った。警察には通報していた。この女性が犯人であると。少なくとも前回の事件での犯行を私は目撃している。そこで警察が私を襲う彼女を見つけて、現行犯逮捕してくれれば、もう翼君が狙われることはない。ただ私は、もう二度と話せなくなるだろう。私が彼の母親を見殺しにしたことも明かすつもりだから翼君を守れるのなら何でもよかった。

今初めて全て自分の口から伝えられた。警察に答える時よりも、ずっと気が重く、話すのには慣れてきたのに、うまく言葉にできなかった。けれど翼君は話を聞いてくれた。涙まじりの私の話なんて聞きにくいだろうに。

宮園が話している間、僕は考えを巡らせた。宮園を今支配しているのは罪悪感だ。母を見殺しにしたと思っていることが心につかえている。


「本当にごめんなさい」

宮園は俯いた。髪の毛が流れていく。

「宮園」

「翼君を助ければそれでいいと思っていたのも間違いだった」

顔を上げた宮園はかつてないほどに後悔に表情を染めていた。

「宮園が悪いわけじゃないだろ」

宮園は首を横に振る。人を欺く嘘はよくないと人は言う。けれど人を救う嘘なら許されるのではないか。藤堂さんの前で一幕芝居をうった時みたいに、宮園の心の傷を癒すためなら僕は嘘でもつく。お母さんは許してくれるだろうか。いやきっと許してくれるだろう。

不器用な人だったけれど、人のために生きようとする人だった。だから父さんは母さんと結婚したし、僕のお母さんとして美晴さんを受け入れたのだ。窓に目をやる。さっきは気が付かなかったけれど、月が出ていた。

「宮園は知らないだろうけど、僕とお母さんは仲が良くなかったんだ。だから正直母さんが死んでほっとしたんだ」

宮園がぴたりと呼吸を止めたかのように動かなくなった。

「見殺しにしてくれてありがとう」

これ以上は続けられそうになかった。言うべき言葉は分かっているのに、喉元で絡まっている。口が乾いて仕方がない。

「ねえ、嘘つかないでよ」

正面に座る宮園の瞳からまた涙が流れていた。言い訳を言おうとしたのに、怒ったような宮園の視線にからめとられてしまった。

「ごめん」

僕は俯くしかなかった。俯いた途端、膝の上に置いた手の甲にぽたりと水滴がつく。まさかと頬に触れると自分の涙だった。藤堂さんもすぐに僕の芝居を見破ったんだ。僕は分かりやすかったんだと苦笑いする。

「翼君って自分が苦しいことに気が付かないのよね」

宮園が紙ナプキンを一枚取って、差し出してくる。それをありがたく受け取って目元に当てた。

「お母さんを見殺しにしてしまった私は許されないと思う」

宮園は自分の分の紙ナプキンを取り涙をぬぐった。それを両手でギュッと握った。

「心のどこかで許されたいと思っている自分が憎い。こんなこと翼君に打ち明けるべきじゃないのに、一人で抱えるべきなのに」

涙で潤み赤くなった瞳をそらした。逡巡が見えた。それも一瞬で、宮園の視線は手元に落ちた。こらえるように俯く。

「罪を償えなくてごめんなさい」

違うと言いたいのにどの言葉を渡せば宮園はまた歩き出せるのだろう。これじゃあ、あの事件から時間が止まったままだ。

「翼君がそれでいいって言ってくれれば私は自分を許してしまう。甘えてしまう。でも償いがしたい。今日だって、その一心だった。結果空回りするだけだったけれど」

「もういいよ」

宮園の瞳が僕をまっすぐ射貫く。口からこぼれていった言葉が、僕の中で渦巻く思いにピタリと嵌る。口から出ていった言葉を咀嚼して、ようやく自分が言いたかったことに気が付いた。

「もう大丈夫だよ」

宮園はこらえるように目を閉じた。

「もう十分やってくれたよ。僕のために今日だって命がけで犯人と向き合ってくれたでしょ」

宮園の罪悪感をいつか他の感情にすり替えられたら、どんなにいいだろう。とてもすぐにはできないと思う。事件が起こってからずっと宮園の体の中にあった感情だから。真っ向から否定はしたくないし、できない。

「辛かったよね」

泣き出した宮園を見つめながら僕もまだ整理はつかないと手を組んだ。母親は自殺じゃないと聞いてまだ実感はわかない。犯人を恨んでもおかしくないのに、その気持ちさえ浮かばない。僕は人でなしかもしれない。いつか強烈に後悔するのだろうか。今日を、それ以前の過去を、誰かを人生が真っ暗に見えるまで恨むのだろうか。麗奈のように、人を傷つけて、自分も傷ついていくのだろうか。こくんと頷いた宮園が視界に入る。

「翼君もだよね」

涙の中から浮かんだ笑みに目が離せなくなる。そうか。僕も傷ついていたんだ。自分の目にも浮かんできてしまった涙をごまかすように視線をそらした先に水族館の特徴的な屋根が見えた。

「そうだ。今度水族館行かない？　実は秋吉に誘われているんだ。宮園と一緒に」

そんな約束はしていない。勝手に秋吉を巻き込んだ罪悪感は、自販機のジュースで埋め合わせを頼むしかない。屋根から視線を宮園に移すと宮園はぽかんとした表情だった。それもじわじわとほんの少しの喜びの表情に置き換わっていく。

「そうだね。行こうか」

宮園は僕の嘘に気が付いているのか。感情は見えないけれど穏やかな表情にその様子は分からない。いつか今日の日を思い出す時、笑えるのだろうか。未来が近いように感じるのに、分からない。とりあえず、二人で結んだ、水族館行きの約束を抱えて、涙を潤滑油にぎこちなく笑った。

僕は宮園と入院中の樹先生を見舞いに向かった。

「せんせー」

樹先生は大やけどを負った。何度も手術して、数か月後にようやく意識が回復した。けれど今までのさわやかな表情は見る影もなく、全身にガーゼと包帯を巻き付けられていた。先生は僕らが部屋に入ってくると小さく頷いた。本来は一般の生徒の面会などできるはずはなかった。先生のほうがどうしてもというので僕らが呼ばれたのだ。とてもじゃないが長い間話せるような状況ではない。藤堂刑事と医者が部屋の隅に控えていた。

「座りなさい」

藤堂刑事がパイプ椅子を二脚持ってきてくれた。

「俺、の、せい、だ」

先生が手を伸ばす。痛みに呻きながらも僕の手に包帯でくるまれた手を重ねた。

「ちょっと」

医師が制止しようとするのを藤堂刑事が押しとどめた。僕の隣で宮園は唇をぎゅっと噛んだ。先生は穏やかな目を僕らに向けた。包帯の下、爛れた皮膚の間から覗く目は温かかった。藤堂刑事が話せない樹先生の代わりに説明をする。

「旧姓松富麗奈は幼馴染みだった。君たちと同じように家が近所でよく一緒にいたらしい。樹先生の父は事故で亡くなった。その後を追うようにして母親が自殺した。樹先生の母親の自殺した現場に松富麗奈がいて、最初に目撃したのは麗奈だった。麗奈はその後学校を変えて、二人は高校に入学するまで会うことはなかった」

樹先生は俯きながら藤堂刑事の話を聞いている。

「ここまで聞いて二人は気が付いていると思うが君たちと境遇が似ているだろう？」

僕も宮園も頷いた。

「シンパシーを感じたんだそうだ」

樹先生はやや頷いた。痙攣したような小さな動きだったが確かに頷いていた。

「樹先生の父親の事故は麗奈が殺した事件だったんだ」

二人がそろって声を上げる。

「高架橋の階段から突き落としたと自供している。樹先生が父親とケンカして、その時咄嗟に言った、いなくなってしまえばいいって言葉を麗奈が真に受けたと。その後、樹先生の母親は後追い自殺した。それが麗奈の思ってもみなかった反応だったんだ。罪悪感でいっぱいだったようだよ」

樹先生は宮園のほうを見ていた。麗奈と重ねているのかもしれない。

「二人が高校生一年、秋のことだ。鳥居美晴先生のお宅が焼けて、先生が亡くなった。当時警察は焼身自殺として処理した。麗奈は先生に脅迫されていて殺人に至ったと自供している。内容としては樹先生に過去の麗奈の罪を明かすべきではないかといったものだった」

母が脅迫をしたというのか。信じられない。母は不器用だが、卑怯な人ではない。

「翼君のお母さんは脅迫なんてしません」

宮園が真っ直ぐ藤堂刑事を見上げている。藤堂刑事はその視線に居心地悪そうに咳払いした。

「だから証言だと言っているでしょう。これは私見だが、麗奈の証言から察するに、美晴先生は脅迫はしていないと思う。確かに話したほうが、いいのではないかと提案はしていたようだが、脅迫と受け取ったのはあくまでも、麗奈だ」

樹先生がかすれた声を出している。藤堂刑事がその口元に耳を寄せた。

「先生は謝罪がしたいそうだ」

僕は先生に近づいた。かすれた声がしっかり聞こえる位置まで耳を寄せる。

「巻き、込ん、でしま、い。申、し、訳、ない」

僕は何と答えればいいのか分からなかった。正解がないまま、首を横に振った。きっと僕が何と言おうと先生は自責の念に駆られるのだろう。

「それから高校の時からお二人は付き合い始めて結婚して今に至るんですよね」

僕は話をつなげた。

それから藤堂刑事の話が続いた。


藤堂刑事の話を聞きながら樹は目を閉じた。自分のクラスに美晴先生の月島翼がいることを知って、樹はその少年にどう接していいのか分からなかった。恩師だから話したいことはあるけれど、あんな亡くなり方だったから、話さないほうがいいのか、かなり慎重になって書物など当時のニュース記事とかも読み漁った。その熱意が溢れたせいか、美晴先生の息子が受け持ったクラスにいると麗奈に感づかれてしまった。その翌日に麗奈が学校に来た。まさか恩師の息子だから会いに来たのか。樹の忘れ物を届けに来てくれたようだった。しかしそんなことは今までなかった。もちろん麗奈が仕事をしていて学校に来られないこともあったが、そもそも樹の持ち物のどれが忘れものかどうか分からないはずだ。

忘れ物を職員室に届けて、岩室先生と話をして帰宅したようだった。宮園さんが樹のもとに来た。正直名前を憶えてさえいない生徒だった。二組で受け持っている授業はなかった。正直月島君がよく話しかけている少女という印象しかなかった。何の話をするのか、わくわくした。恋愛の話か。月島君についてなのか。しかし宮園さんの口からされたのはそんな生易しいものではない衝撃的な話だった。美晴先生は自殺ではなく殺人で、しかも、それを実行したのが麗奈だという。それを宮園さんが目撃したというのだ。言葉が見当たらなかった。話の途中に換気用として開けていたドアから月島君が宮園さんを呼ぶ声がした。話はそこで終わった。動揺しながら家に帰る。忘れ物を届けてくれたお礼より先に、どうして学校に来たのか問いただしてしまった。信じられなかった。信じたくなかった。そして突き放してしまった。

今さら後悔しても遅いのか。樹と麗奈は後戻りができないまでに間違えてしまった。

樹は二人を見つめた。二人に自分の過去を重ねている。この二人は間違えてほしくない。樹と麗奈に似ていると思っていた。けれど目の前で並ぶ二人は自分たちとは大きく違っていた。二人の真っ直ぐな瞳から目をそらさずに考える。似ていたのに、何がこの二人と自分たちを分けたのか。樹と麗奈は何を間違えたのだろう。麗奈の暴走を止められなかったのか。麗奈ともっと話し合っていれば、楽観視していないで、向き合っていれば。

樹先生は目を伏せた。その眦にはっきりと後悔が滲んでいる。これから先生はどうしていくのだろう。けれどそれは僕の与り知らぬ部分である。

「そういえば先生のお子さんってどうなってます」

先生は包帯の奥で目を点にした。

「え、子ども？」

藤堂さんが素っ頓狂な声を出した。

「ええ、いますよね？　僕お祭りの時、先生をお見かけしたんですけど、その時に小さい子と一緒だったたんで」

そこでようやく合点がいったのか先生は笑う。

「まいご」

ふいごから出ていく空気みたいに先生は寂しそうに眉を寄せて笑った。席を立とうとした僕の隣で宮園が声を上げた。

「先生、先生は本当に知らなかったんですか」

まるで先生に対する抗議だった。

「先生は麗奈さんが犯人だと知ってたんじゃないですか」

先生の困惑の表情が沈んでいく。樹先生は寄り添おうとしていたのだ。やり方が正しいのかは別として、先生の向き合おうとした姿は真似できない。だからこそ、なおさら許せない。なぜ麗奈は犯行に及ぶことになったのか。先生の温かさに気付いていなかったのか。

「俺は、何も、見ていなかった。麗奈が、俺、に、火を放った」

またしても医師が止めようとした。今度それを制したのは樹先生本人だった。

「信、じ、られ、なかっ、た。けど、麗奈は、涙、を、流し、て、いたんだよ」

先生は苦しそうに喘いだ。目元の包帯が変色していた。

「樹先生は麗奈が逃げられるように表から外に出て、注意を引き付けていた。その間に裏口から逃げられるように」

先生はまた微かに頷く。絶対間違っていると思う。先生のためを思うなら麗奈と先生を引き剥がした方がいい。少なくとも麗奈は他人を容易に傷つけられる。長年寄り添った樹先生にさえ火を放ったのだから。けれど先生もそれを分かっている。分かった上でまだ許し、受け入れようとしている。盲目的な愛情だった。

「それならなぜ先生は月島君の名前を呼んだんですか」

「警察、が、月島、君を」

「名前を呼ぶことで事件に巻き込み、警察の注意を月島君に向けることが目的だったんですね。そうすれば月島君に危険が迫ったとしても、警察が対応できると」

藤堂刑事は息が続かない樹先生から説明を代わって、ふうと息をついた。風が流れている。先生は痙攣するように頷くと窓に身を傾けた。気だるげに開かれた目蓋の間で切な気な瞳が揺れている。瞳が遠くを見ていた。おそらく麗奈を追いかけているのだ。

「二人で、火だるまに、な、れ、たら、幸せ、だった、んだ。一緒に」

僕らにできることは何もない。宮園を促して病室を出た。医師と藤堂刑事に別れを告げた。

病院を出てバスを待つ間、宮園が口火を切った。

「そういえばどうしてわたしが病院にいるって思ったの？」

「ああそれは刑事さんに合流したんだよ」

宮園が素早く振り返った。

「警察の人が連れ出したの？」

剣幕に気圧される。その圧を払うように手を振った。

「いや、違うよ。僕が強引に合流したの。宮園が犯人のもとへ行くだろうと予想が付いたから。麗奈さんは病院にいるだろうと思ったから」

「待って、なんで犯人が麗奈さんだって知っていたの。翼君はお母さんの事件の時現場にはいなかったのに」

「それは僕が襲撃された後。犯人は僕を鳥居翼かと聞いてきたんだけど、僕は生まれてから一度も鳥居の名字になったことはないよ。鳥居は母の旧姓で、結婚後は学校でしか使っていないビジネスネームだったから。だから犯人は僕を母の息子として知っていると思ったんだ。それで犯人を絞り込めた。母の古い知人か、学校関係者。古い知人なら、今の日本では入籍すると女性が名字を変えることが多い。なら僕のことを母の旧姓で呼ばないと思うんだよ。うっかり呼んでしまったのかなと思ったんだけど、音声はテキストの読み上げ機能を使っているようだった。つまり打ち込んでいるから、口で咄嗟に呼ぶのとは違って、その分冷静で間違いに気が付くと思う。

つまり、僕を鳥居と呼んだのは鳥居が母の旧姓と知らなかったからだと思ったんだ。ここが考えどころなんだけど、母さんは僕が幼稚園の年長の時に正式に結婚したんだ。そして母の事件は僕が小学一年生の時に起こった」

「そっか、確かに麗奈さんや、樹先生はその条件に当てはまる」

反応がいいのは楽しい。僕はにやり口角を上げた。

「そう。樹先生たちの視点で考えると、高校の入学前に母、美晴さんと父は結婚している。鳥居が母の旧姓だと知らなければ、子どもも鳥居という名字だと思うのも頷ける」

宮園が頷くと、潮風がその髪をさらっていった。

「でも根拠ってそれだけじゃ」

「それだけじゃないよ。僕らの学校の職員室は分かりにくいところにあるのに麗奈さんはすんなりいけていたらしいじゃない？」

相槌を打つ宮園を横目に説明を続ける。

「岩室先生とも親しげだったし、樹は忘れものを届けたのが初めてだったと言っていたけど、皆信じなかった。けれど卒業生だとなれば分かる」

宮園は納得したのか深く頷いた。けれどその顔もすぐに歪む。

「じゃあ、なんで私が犯人のもとに向かうと思ったの？」

「ああそれは刑事さんに昔聞かれたんだ。母の自殺の現場にいなかったかと。結構しつこくね。で、聞けば近くで母の自宅から走り去るランドセルの後姿が目撃されていたらしい。ずっと疑問だったんだ。けれどそれって宮園だったんだね。秋吉が言っていたんだ。僕が学校を休んだ翌日から宮園も学校を休んだって。もしかして、母の自殺に関係しているのかななんて思っていたんだ。僕を避ける割によく会うしね」

宮園はフイと顔をそむけた。

「それに、宮園が言ったんだよ。母が絞殺だって。母の自殺は焼身自殺として知られているのに、なぜ宮園が首を吊ったことを知っているのか。それこそ現場にいた証左でしょう。正直、自信はなかったよ。僕の考えは詰めが甘いし、根拠は薄い。ただ古くから見慣れていた宮園にかけたんだ」

宮園が逃げるようにちょうど来たバスに乗り込んだ。僕は自分で言っておきながら赤くなる。一度だけ病院を振り返ってバスに乗り込んだ。

エピローグ

「きれいだねえ」

宮園がクラゲ水槽の前で振り返った。

「そうだね」

この場所で何度この会話がされたのだろう。僕らはこんな毎日を繰り返してきた。二人笑い合って、また繰り返す。

その後、野口先生は退職した。今何をしているのか知らない。元気ではあるようだ。僕は叔父と叔母にこってり絞られた。けれどそれもありがたかった。僕らのしでかしたことの大きさを知った。

事件が落ち着いてから久しぶりに登校すると僕の姿を見つけた秋吉が走ってきた。そしてその勢いのまま首に腕を巻いてきた。絞め技を仕掛けてきたのだ。

「ギブギブギブ」

腕をバシバシたたくとようやく解放された。

「生きてるな」

「生存確認は他にも方法があるわけで」

「というか歩いているのを見ていたから生きているのは明白だったでしょ」

僕の背後から宮園が呆れたように目を細めていた。

「うわ、突っ込み役が二人になった」

秋吉が身をすくめている。ひとしきりふざけ倒してきりっと目に真剣な光をともした。

「大丈夫だったか」

秋吉は、僕らが事件に巻き込まれたことを知っているらしい。

「ああ、解決してきた」

「なんか藤堂さん曰く、かなり無茶したって話だったな。しなくてもいい冒険をしたんだって？」

僕と宮園は同時に俯いた。秋吉はにやりいたずらめいた笑みを深めた。

「いや、捜査妨害って言われなかったか」

「言われました。藤堂さんにはこってり絞られました」

「馬鹿だな。お前ら。あれだな、二人とも反省が必要だ。自己犠牲の愚か者には」

「愚か者って」

「じゃあなんだ？　冒さなくてもいい危険を冒すバカをなんて呼ぶんだ」

じっと睨みつけられて頬がこわばる。

「はい。愚か者です」

「よろしい。ごめんなさい秋吉様は？」

「ごめんなさい秋吉様」

「ごめんなさい」

僕と宮園は同時に頭を下げた。

「よろしい。心配したんだからな。でも、冒険が必要だったんだろ？」

「秋吉様」

「今度は俺も混ぜろよ？　あと、お前ら、お詫びに水族館について来いよ。隣のクラスの子で仲良くしたい子がいてさ。宮園ちゃんも知ってる子だから、四人で行かね？」

それが本音か。僕は友人をつつく。秋吉は笑った。そうして今日、この水族館に来たのだ。

藤堂さんとはたまに話をする。藤堂さんは僕らの暴走について注意を受けたらしい。それに関しては申し訳がない。藤堂さんのほうは冗談めかして愚痴ってくるけれど気にしてはいないらしい。

一番の変化は宮園が笑えるようになったことだった。少しだけ、先を見られるようになった。思い出したくない記憶も、拘泥してくる過去も、この水槽を見上げる今に繋がるためならば、受け入れてもいいかもしれない。宮園にとってもそうだといいなと先に歩きだした後ろ姿に思う。宮園は僕がついてきていないことに気が付いて先にずんずん歩いていく秋吉たちを呼び止めた。秋吉が呼んだ友人ははしゃいでいて、僕らに気が付いていない。秋吉がいたずらっ子めいた表情でウインクして、先に歩いて行った。宮園はそれを見送って、止まってくれている。

「ごめん、ぼーっとしちゃった」

跳ねるように歩きだした僕と微笑んだ宮園の間を、二人の子どもが駆け抜けていった。

参考文献

『現代の法医学』改訂第3版増補（永野耐造［編］／若杉長英［編］／金原出版1998年）

著者紹介

暮山からす（くれやま からす）

福岡県北九州市に生を受ける。高校卒業間近に急遽、ミステリーを愛するがゆえ、自分もミステリーを書きたいと志願し、幻冬舎ルネッサンス新社の新人賞に応募。今作を書くに至る。現在書店員として勤務中。

彼《かれ》のために人《ひと》を焼《や》く

2023年2月15日　第1刷発行

著　者　　暮山からす
発行人　　久保田貴幸

発行元　　株式会社 幻冬舎メディアコンサルティング
〒151-0051　東京都渋谷区千駄ヶ谷4-9-7
電話　03-5411-6440（編集）

発売元　　株式会社 幻冬舎
〒151-0051　東京都渋谷区千駄ヶ谷4-9-7
電話　03-5411-6222（営業）

印刷・製本　中央精版印刷株式会社
装　丁　　小松清一

検印廃止

Printed in Japan
ISBN 978-4-344-94368-1 C0093
幻冬舎メディアコンサルティングHP
http://www.gentosha-mc.com/